月老營業中

2 冥冥祈願

懷疑論者的通靈觀察——原創

suncolor
三采文化

目 錄

序言

一場學習與體驗的奇幻旅程

哈囉，我是臉書粉專「懷疑論者的通靈觀察」的版主Vincent。

我的人生在二〇二二年的年初，就像是翻過書頁一樣，忽然進入了新的章節。

在那之前，我是一個崇尚科學的理工人，不相信這世上存在任何物理學解釋之外的東西；在那之後，我驚覺世界並不只有雙眼所見，原來在物理學涵蓋的疆界之外，有一整片無邊無際的未知領域。

會有這樣的轉變，是因為在那個時候，我當時的伴侶莫名其妙通靈了。

我所謂的「通靈」，指的是她忽然之間可以看見一般人看不見的東西，能夠聽見神明的話語，也能夠和我死去的親友對話。

她突然擁有這樣的能力，使我受到很大的衝擊，我一直以來奉為圭臬的世界觀崩毀了。一開始我很難接受，於是設計了各式各樣的實驗，想證明她的新感知能力只是出於幻想，但她一次又一次說出她不應該會知道的資訊（例如我從沒跟人提過的童年往事），或者講出明顯超出她個人認知的高智慧開示。

由於她完全沒有裝神弄鬼的動機，畢竟她自己的人生也因為出現通靈能力而天翻地覆，最後我再怎麼不情願，都只能接受這個事實。

從此，我的人生就開始了完全不同的篇章。

我想把沿途發生的事情記錄下來，於是創了一個臉書粉專，除了做為某種觀察筆記，同時也是替我因之而起的各種情緒找到一個療癒的管道。

至於我當時的伴侶，她的通靈能力發展得很快，並隨順因緣開始頻繁出入廟宇，替親朋好友的人生困境探問神明，我自己也跟著去過許多次。

我發現神明的回答總是充滿慈悲和智慧，我第一次領悟到，原來可以把人生視為某種學習及體驗的歷程，而這樣的視角也協助我過得更輕鬆自在。

但是婚姻無論如何都不是簡單的功課，即使對通靈人，以及她想要盡力給予支持的伴侶（也就是我）來說，婚姻還是有很多難以跨越的關卡。於是我們想到，不如藉由她的特殊能力，找掌管婚配的神明月老聊聊吧？

想不到月老除了給我們一些關乎個人的建議，還滔滔不絕說了很多有趣的事。我把這些關於姻緣的奇妙說法發表在粉專上，意外引起了不小的迴響，後來也成為你現在手上這本小說的故事原型由來。

雖然我和這位當時的伴侶，確如月老所預言，在學成彼此給予的功課之後就會和平分開（所以，她現在已成為我的前妻），但我因為這次人生的轉折而踏上的奇幻旅程，還遠遠不到結束的時候。

我還有更多的地方要去，有更多的故事要說。

也許哪天，我們路上見。

緣起——

「懷疑論者的通靈觀察」談月老系統

我們平常說的「姻緣」，通常解釋成兩個有情人終成眷屬的情況。但在《月老營業中》的故事裡、在月老的開示裡，不採用這樣的解釋。

任兩個人之間發生的愛情關係，不管是青梅竹馬、黃昏之戀，是在婚姻裡還是在婚姻外的，喪偶之後又梅開二度的，是同性間的、異性間的，還是小三小四小五小六，……總之各種愛情態樣，在月老說明的脈絡裡，我全都稱之為「姻緣」。

選擇這個用字或許不是很正確，我也只是方便起見，其實指的就是「感情緣分」的意思。

簡單來說，和我們一般的認知不同，月老並不真的只有職掌婚配，而是所有戀情的開展，都在祂的工作範圍。事實上，任何一種戀情，無論是否符合當代的道德標準，若是從靈魂的角度來看，全都是此生的功課。

若您能跟上這樣的說明，我們就可以開始了。

在一次奇妙的機緣裡，我和月老有了很多次對談的機會。月老跟我說，任兩個人的姻緣不能說是完全由祂所安排，其實是電腦（？）配對出來的，而祂要做的事，就只有看看電腦跑出來的結果，然後蓋章批准而已。

（請注意：神明在形容事情時，常常使用人類可以理解的方式來類比，不代表實情真是如此，所以不必太拘泥於神界竟然也有電腦。）

月老說，祂在蓋章前會負責把關，確保事情沒有太違背常理的發展；然後在批准之後，祂就會開始編寫劇情，像是設定故事發生的時間地點、勾選一些有趣的情境之類。

月老形容，這個過程就好像在用ＡＩ設計小說，只要把一些選項勾選起來，這些選項就會以某種方式在現實中發生。不過就連月老本人，也沒有辦法知道實際上的展現方式。

月老舉了一個例子，祂說自己可能寫下像這樣的劇情：「在一個浪漫的場景，一個人正需要幫忙的時候，另一個人適時出現。」寫完之後，祂就會在旁觀察，看看現實中的其他協助者，究竟會以怎樣的方式來實現祂所設計的劇本。

為什麼很多人對感情對象會有一種「冥冥注定」的感覺呢？原來是因為這就是月老的其中一個愛用老哏，會讓人覺得感情的發展有如神助，這樣大家才會常來拜拜，祂也就有機會近身觀察人類的想法。

月老有次還半開玩笑地哀嘆，雖說如果都沒有人來拜拜，祂還是會繼續做這些工作，但要是祂的努力都沒有人知道，還是會讓祂有種不知從何說起的感受。

我問：「是覺得有點寂寞嗎？」

月老回答，倒也不是寂寞，就好像你去水族館餵魚，但魚箱是不透明的，魚看不到你，所以不知道到底是誰在餵自己，就是這種說不上來的感覺。

月老又說，祂最喜歡編寫的劇情，就是「冥冥注定」、「遇見某人的預感」，或者是那種你想像很久的對象竟然真的出現，類似這樣的故事。

月老還提到，如果一個人有了新戀情，等到他回去廟裡向月老還願的時候，祂一定會問：「喜歡這個安排嗎？」只不過，大家通常聽不到祂的提問就是了。

感覺月老是真的很好奇人類對安排的感受。

我想，這大概也是一種「使用者體驗」調查吧！

—♡—

在和月老進行的多次對談裡，月老主動提及人世間的姻緣可以分成七大類。

祂鉅細靡遺地向我說明了各種類型，還同意我把這些事情書寫下來，所以看來並不是不可透露的天機，我在這裡也整理了月老的說法。

如前所述，在月老說明的脈絡裡，「姻緣」並不專指真正進入到婚姻的感情關係，而是各種戀愛關係都包含在內，不管合不合理，當然也不管合不合法。

事實上，就算真的結了婚的感情關係也不見得就是所謂的「正緣」，因為結婚也可以離婚，不是嗎？

關於月老開示的七種姻緣類型：

❤姻緣1：「個人意願」

月老說，人只要想要改變生活、想要迎接新的生活，就會展開一個新的世界。所以如果正好有適合的兩個人都想要進入新的生命狀態，這兩個人就會被排進系統裡，透過電腦把他們配對出來，再交給月老蓋章批准，接著祂就會安排相遇的情節。

所以，任何人其實都可以隨著意願創造出新的感情事件，這件事本身沒有什麼限制。一個人可以選擇什麼感情都不要，也可以選擇要有很多感情，只要電腦能配對得出來，而且在月老的能力許可內，那就能辦到。

一般人去廟裡拜月老求到的就是這一種，而且月老大力推薦拜拜很有效，因為祂還是比較喜歡用正規的方式來做事。

月老又說明，姻緣對應到一個人的內在狀態，以及內在的開啟程度，各式各樣的感情關係就是在檢驗人處理感情的能耐，以及他們願意接受的挑戰。

月老這樣形容：人一生的感情，就好像去上地球村（對，祂真的說地球村），你可以選擇上一堂課就好，也可以選擇上很多堂課。有些人不喜歡太多的感情關係，但當然也有很多人喜歡複雜而繽紛的感情世界。

無論如何，這些選擇都反映了一個人的內在狀態，以及他個人的想望。

月老的角色就是幫忙看一下大家遞交的申請書，祂覺得可行就幫你打個勾，然後再去設計相遇的橋段。

其實這一種姻緣不是只有月老能處理，很多其他神明也能做到。但是月老自誇，別的神明寫出來的故事都沒有祂寫的浪漫。

❤姻緣2：「服務者結合」

這種情況是，伴侶雙方對世界都有某種奉獻服務的使命，那麼神明就乾脆把這兩個人組成一隊，讓他們互相協助，把服務的效果最大化。

在現實中常見的實現方式，就是夫妻或伴侶從事同樣的工作，比如說在同一家公司或是同一個行業，而且雙方會維持一種在工作、生活和情感上都很緊密的關係。

我舉手發問，這種姻緣，就像是總統和總統夫人那樣的關係嗎？月老回答我說，沒有那麼大啦，通常就是一個公司或小店的老闆跟老闆娘，或者夫妻都是神職人員那樣。既然兩人都有服務的願，那就這樣安排，讓他們可以交流資源，在日常生活上又能互相照顧。這麼一來，他們想做的事情就能運作得更順暢。

❤姻緣3：「累世祈願」

這種屬於因緣相逢，是菩薩安排的實現。

比如說，你真的很希望跟某個人在一起，所以上輩子許下這樣一個願，那麼這輩子菩薩就圓你的夢，讓你們有機會一起經驗一些事，也藉由這個過程讓你的祈願做個完結。

這一類的姻緣通常比較短暫，可能會是在相對較短的一段時間內的能量交流，很快又分道揚鑣。

時間之所以短暫，是因為一旦時間長了，人就要開始做功課了；但這種姻緣不是一種功課，而是你之前種下的祈願種子在現世開出的一朵花，是一種「收成」。

雖然短暫，但這種類型通常是相當美好的情感（或甚至肉體）關係，分開後，彼此對這段感情也不會有什麼罣礙或想念，只會覺得是一段美好的人生體驗。

我知道你想問什麼，一夜情是不是屬於這種？我也很好奇，但我當下忘記問了。

❤姻緣4：「系統預設值」

系統預設值就是在個人出廠的「資料表」上面，一開始就被填好了某個人的名字。

這種類型到底是誰安排的，月老說沒人知道。而且不只月老不知道，祂說整間廟裡的所有神明，就連菩薩都不知道。對月老來說，這種就是無法變動的設定，想改也沒辦法改。

聽起來很浪漫，好像緣定三生，但是這種姻緣跟現實生活中是否幸福美滿其實並無關聯，只代表這兩個人是注定的，事情一定會發生，但是在一起之後過得怎樣，就完全是另一回事了。關係會維持多久，也沒有保證。

這一種姻緣的結果，有很幸福的，但也有互相毀滅的，當然也有跟其他人狀況差不多的。

總之月老對此所知不多，祂只知道這種就是無法變動的設定，理由不明。

❤姻緣5、6：「因果關係」

這兩種概念基本上一樣，所以一起講。

這兩種是姻緣裡的最大宗，是神明在安排時的首要選項，簡單來說，就是把具有因果關係的兩個人湊在一起。由於每個人累世以來，都跟數不盡的人有各種因果，所以不怕找不到人選，對神明來說不太會出錯，是輕鬆愉快的工作。

但是因為配對出來的兩個人之間存在因果，所以這兩種姻緣都是功課型，兩個人會互相成為對方的難題。讓這樣的兩個人再次接觸，就有機會透過彼此學習自己的人生功課。

那第五種和第六種的差別在哪呢？差別在於當事人的意願，但我覺得這只是定義問題。

如果現在是其中一方去求姻緣，月老主動幫你從因果關聯人物中選出一個來跟你搭配，那就是第五種姻緣；如果有因果關係的兩個人正好都在差不多的時候求姻緣，那月老就順水推舟把你們湊成一對（反正你們本來就是因緣人），這就是第六種。

第一種「個人意願」類型當然也會考慮因緣，因為完全無關的兩個人其實也配不起來的，但是第五、六這兩類型的重點在於「功課」。

換句話說，可能兩個人在關係的過程中都會有些痛苦，但痛苦正是重點，畢竟不經歷痛苦就學不到功課了。

聽起來很像婚姻，也的確是這樣，大多數人的婚姻都屬於這兩種狀況，相愛相殺，但也互相成就。更明確來說，表面上雖然是相愛相殺，但背後的目的終究是為了互相成就對方的功課（不過參與者通常沒有意識到這一點）。

這兩種姻緣通常會有一種常見的結果，就是當雙方都完成功課之後，他們就可以決定接下來的感情狀態，可能選擇終老，但當然也可能選擇分開。

不過，因為這時功課已經完成，就算分開，也通常是很平靜的。如果兩個人分開時可以是這種狀態，那就表示他們所學有成，值得恭喜。

❤姻緣7：「貓的報恩」（欸不是）

這一種是為了報恩才出現的，比如說，一方在過去世曾經受過某種恩惠，那在這一世就以成為對方伴侶的方式來回報。

但是月老補充說明，隨著時代變遷，這個類型的姻緣愈來愈少了。因為用一輩子的時間來報恩，有點不符合比例原則，神明開始覺得這樣操作太過頭了（我忍不住想像祂們有一個業務檢討會議，這一題被拿出來投影在白板上討論）。

月老又說，現代的報恩需求通常都改用別的方式實現，像是朋友、親子、事業上的貴人等等，也有可能是寵物。

總之，報個恩就以身相許，也許真的是太累人了。

—♡—

全部七種姻緣的類型，就是這樣。

總而言之，月老說明了人世間姻緣的類型，祂會把符合特定類型的人湊對，安排相遇的情節，但遇見之後的故事仍然要看雙方的造化。

月老向我表達了好幾次，祂並不能安排整個故事的發展——一段愛情故事，其實是月老和故事主角雙方的「共同創作」。

以譬喻來說，月老的工作就好像是在撰寫一篇愛情故事的開頭，而後面的發展得由主角自行決定。

月老也和我聊到，雖然很多姻緣是祂安排的，但並不能反向推論世間所有的相遇都是祂的傑作。有些人就是會自己遇見、自己發展，從頭到尾都沒有祂的介入。

月老說，不是每件事都得靠祂，祂主要會進行的工作，是對應那些來到廟裡問事、祈求的人。既然你都到廟裡探問了，那麼月老就會去張羅一下，在資料庫裡調閱人選，並且做一點適當的安排。

事實上，除了還不認識的對象，月老也說：「如果你有某個已經認識的特定人選，那也可以來告訴我，直接表達你的意願，我就會花更多力氣來牽成你們。」

祂說明。「道理就像你去拜財神，也要跟財神明確表達自己想達到怎樣的財務目標一樣。」

我本來一直以為拜月老是在祈求還沒出現的對象，原來也可以指名某個已經認識的人，請月老牽成。不過這樣我就有疑問了，難道一個對你完全無感的人，被月老這樣牽啊牽的，就會突然愛上你嗎？

月老回答。「當然不是。如果不管誰來祈求我都應允，那麼世界就大亂了。最重要的還是個人的意願，雙方一定都要有意願，或至少是不排斥的，我才能運作。如果只有一方拚命祈求，但是另一方很明確地拒絕，那整個事情就會出現互相平衡的顯化。」（意思就是不會成啦！）

講到這裡，月老不知怎麼又讚嘆起來。祂說：「偶像劇好看就在這裡。有時在一個時間點無法發展的關係，或許會在別的時間點繞了一圈又回來；或許十二年後又重逢，雙方看彼此的感覺就不一樣了。

「有時是這樣子的，一方有願，但另一方還沒準備好，那你們可能就得繞一圈才能開始。」

我知道有人會問，如果雙方都有意願，哪裡還需要神明的協助？這樣問真是太天真了。這世上多的是雙方都有意願，但胡裡胡塗就錯過了的故事，不是嗎？

也有很多人好奇，為什麼自己一直求不到姻緣，那些一輩子都沒有姻緣的人又是怎麼回事？月老給我的罐頭回答就是「個人功課還沒做完」，但我總覺得這個回答好像搔不到癢處。

我不能代替月老發言，但我個人的看法是，感情的開展本來就不是很容易的一件事（所以人生這遊戲才好玩），有時，一個念頭的轉變就會造成完全不同的走向。而一個人在心態上是否真正做好準備，常常是連自己都說不清楚。

說到底，月老所創作的，只不過是愛情故事的開端而已，就像厚厚一本小說最開始的那幾頁。

而人類永遠都有自由意志，能決定要不要讓故事繼續，也永遠都可以，嗯，憑實力單身。

共勉之。

— 姻緣類型 —

4

系統預設值

♡ 愛的迷藏

牽成 ♥ 對象

開放式關係主義者vs戀愛初學挑戰者

緣定三生，

但是現實生活中是否一定幸福美滿？

其實並無關聯。

01

三十二歲仍單身的神經外科醫生沈思齊，篤信科學不信神，但在好友戴美輪鼓吹下，帶上二十一項擇偶條件拜月老，得神明賜了應筊。

但……兩個多月過去，沈思齊密切注意，仍不見對象現身。

猶記當時開出的條件，她寫得非常詳盡。

一、陽光型男濃眉大眼雙眼皮，體格粗獷要有六塊腹肌。

看看身邊男人們，長年跟她耗在醫院冷氣房與病人周旋，哪位陽光得起來？誰有空健身？吃肯德基的有，六塊腹肌的沒。

二、身高至少一百八十公分，體重符合衛生署「標準體重」計算公式，過胖過瘦皆不可。

沈思齊連去餐廳吃飯也暗暗注意著，神選之男在何方？挖鼻孔大叔有，但她的高個男在哪裡？

三、個性開朗，身體要健康。BMI在十八點五（kg/m²）及二十四（kg/m²）之間，總膽固醇值要控制在兩百（mg/dl）以下，血壓要——以下省略若干專有名詞。

沈思齊日日看診讀病歷，上街也會目測路人，沒見指數吻合的。

四、活力充沛。因為長年在醫院冷氣房好冷我需要溫暖，體質寒的我不要。至於活力充沛又暴躁的病患家屬急診室很多，沈思齊頭殼壞掉才敢收。

五、皮膚要健康古銅色，此為個人偏好。

古銅色花生醬好吃，古銅色男人且吻合上述條件的也無。

六、笑起來要有一口白牙，賞心悅目。

學弟劉駿威有白牙，但離賞心悅目尚遠也。

七、必須善良，人品重要，不能只有皮相，但皮相也不能差。

八、有揮霍不完的熱情。因為我工時長，一般男人光是等我下班就累了。

只是，揮霍不完熱情滑手機的有一堆。

唉……。

前面八項都沒吻合的，後面的就更別提。身為年輕有為的神經外科醫師，沈思齊從小跳級讀書、成就驚人，因為她是清單控，菁英都愛列清單。三十歲以前要完成的人生清單事項都逐項被劃掉了，只剩「戀愛」那一條。

沈思齊看著不爽，手很癢。

「月老騙我。」桃花在哪裡？沈思齊跟好友戴美輪抗議。

「沈思齊！妳很瘋欸！」看完那一疊擇偶條件，美輪氣扔在桌。「給月老開這種條件？妳不是求祂，妳是去找麻煩！連總膽固醇都指定？妳要不要連紫微命盤都指定下去？難怪拜了也沒用。」

「月老無能，怪我嘍？」盤坐在客廳地板，沈思齊吃著好貴的富士蘋果。

「妳要是用這種傲慢的態度去拜，會成才有鬼。心誠才靈，不誠掛零，姻緣零零零！算了，是我錯，不該讓妳去煩月老，妳八成亂拜。」美輪氣噗噗，替月老抱不平。

「戴美輪，這話我不愛聽。我這人的優點妳不知道？我去拜祂，除了祂愛的角瓶威士忌，還加碼各類鹹食，我誠意做足還不成，就不是我沈思齊對月老不敬，是月老對不起我。」

真敢講。「我有可怕預感，叫妳拜月老，可能是害妳。」

「怎麼說？」

「月老看妳太臭屁，萬一不爽給妳亂配對，妳怎麼辦？」

「月老要這麼陰險，就不配當神。」

「靠么！」掩住她嘴，美輪左顧右盼。「別亂罵，小心被神罰。」

沈思齊攤開手掌。「看看我這雙手，救活多少人？如果有神，應該獎勵我，怎麼捨得罰我？除非祂不公不義又小心眼。」

「吼唷——」美輪直接撲倒沈思齊，蒙住她的嘴。「閉嘴、閉嘴！」沈思齊不怕，但她怕啊。

沈家的陽台外，高聳的黑板樹梢坐著帥氣銀髮白西裝大叔。他長腿交疊，一邊品酒一邊將方才對話收入耳目裡。

身為資深月老，對於沈思齊大不敬的話，九爺微瞇眼，表情莫測高深，不知是否走心了？

敢跟月老開出二十一項擇偶條件的女人，長相如何？

沈思齊高眺纖瘦，一對內雙鳳眼，黑瞳烏亮，一臉聰明相；短髮層次分明，常裸出柔嫩左耳，是清秀佳人，卻有鐵石般硬心腸。要強好勝膽又肥，男人高攀不起，她又寧缺勿濫，於是單身至今。

這份擇善固執的強硬作風，在職場上也是衝突不斷——此刻，她攔下正離開護理站的麻醉醫師崔靜英。

「剛才那台刀是怎麼回事？因為妳的失誤差點害病人麻醉覺醒。如果不是我發現，病人會留下嚴重後遺症，妳到底有沒有認真監測？」

人美如模特兒的崔靜英，明媚地笑了。「唉，放輕鬆點，手術都結束了幹嘛還糾結這個？」她低聲安撫，還討好地拍了拍沈思齊肩膀。「沒那麼嚴重好嗎？我剛去看病人，恢復得很好。」

輕浮的態度教沈思齊更怒。「妳是第一次出錯嗎？上次還給錯麻藥，插管也不行，波蘭老師沒教妳怎麼正確操作？」

揭露她是未經完整實習的波波醫生，頓時，周遭病人對崔靜英指指點點。

「沈思齊！」崔靜英漲紅了面孔。「病人在看，注意講話，妳對我有什麼不滿私下談。」

談個屁！仗著她爸是醫院金主，同事們的抗議全被和諧掉，連學弟劉駿威也被害慘，揹上醫療官司。

「妳這麼無能，跟急診室千百會的張醫生有什麼不同？緊急判斷不會，最會就是 Call 醫生們陪他照會，我們手術已經夠緊張了還要幫妳收爛攤子。崔靜英，刀台不是遊樂場，技術差就去精進，不然就轉行。不要在這裡殘害病人，我們外科醫生不想替妳揹黑鍋。」她懟得崔靜英面上無光，恨不得撕了她的嘴。

護理師們互使眼色，看來沈醫生贏了。瞧瞧，崔醫生繃著臉不敢再吠了。她也知道沈思齊表面酷但骨子裡很瘋，惹毛她不知會招來什麼後果，但肯定沒好果子。

崔靜英不甘地離開了。

突然，護理站鈴響，加護病房回報有狀況。「沈醫，八房病人腦出血擴大，要緊急手術！」

—♡—

六樓二號刀房緊急手術中。透過內視鏡，沈思齊取出腦幹血塊，實習醫生從旁協助。躺在刀台上的是入院五天，因男友拋棄跳樓的高中女生邱玉潔。幸運的是雨棚減緩撞擊力，但腦壓高，生命跡象不穩，家屬又遲不出面。

現在，不能再等了。沈思齊仔細挑出血塊。

她面上平靜，心裡卻替少女不值。真蠢，才十七歲就為情輕生？

手術來到最後階段，忽地飄來一陣焦味。

「一床失火了！」左後方的護理師們嚷嚷。瞬間眾人慌亂，有拿對講機通報，有朝沈思齊大喊：「沈醫生請立刻停止手術！沈醫生，立刻停止！」

「再十秒。」沈思齊說：「有滅火器，先滅火。」

但是取滅火器的實習生被電線絆倒，滅火器砸在沈思齊的腳背。她皺一下眉，穩住手勢。煙霧從最裡面的刀台漫開來，醫護人員有尖叫、有跌倒，也有推病床出去的。

平日演習多回，真的發生還是驚恐亂逃。

「好了，關麻！」沈思齊喊，但抬起頭，人都跑光了。

崔靜英站在門口，正要關上防火門。

「崔靜英！」沈思齊急喊。她不理，甩上防火門。

沈思齊扔枕頭過去，卡住門縫，急著拉病床出去。她以背抵住門，右手欲拖出病床，人卡在門口進退不得，又不肯撇下病人。

「有沒有人?!來幫我！」沈思齊忙嚷，煙霧洶湧。「有沒有人?!」

她嗆咳，胸口發痛。是在劫難逃嗎？可惡！難道神真要罰她了？快撐不住了，更使勁要拉動病床，卻被不斷撲來的濃煙嗆咳。可惡——

忽然，床動了。

一個男人自她身後冒出，以左臂頂開防火門。他單手輕易地將病床扯出來，關起防火門遮蔽煙霧。

外面，消防車鳴響，防火門關上了，但煙霧不知從哪些孔洞持續流竄出來，一片霧茫茫。沈思齊隱約看見男人的輪廓，他很高大，拾起不鏽鋼盤重擊玻璃，破窗後，消防員發現他們了，挪近梯子。

沈思齊跟男人合力將病人以被單固定，驚訝於男人手勢專業。將病人遞給消防員，他們也依序被救下。

「沈思齊！沈醫生！」同事們急喊著推床過來。

男人將沈思齊抱上移動床架。儘管被煙霧嗆得難受，但在他們對上眼的那剎，沈思齊感覺腦中竄過一道閃電。他眼色堅定，給她一個放心的微笑。

被戴上氧氣罩移走時，男人還站在那裡望著她。

—♡—

深夜了，記者還守在醫院外。

事故待查，輿情沸騰，媒體進行實況報導。幸運的是無人傷亡，不幸的是有人逮到機會借題發揮。

「我女兒小潔怎麼辦啊……都進加護病房了，為什麼她是最後推出來的？醫院要負責！火災時把她扔在手術房等死啊？我可憐的女兒……我要告死你們！嗚……！」

記者追訪，一旁的醫護人員都聽不下去。

這位滿頭亂髮、穿大花褲的胖婦人，在女兒跳樓搶救時避不見面，醫院通知她，她罵死好；催她簽手術同意書，她不來，只說沒錢、隨便。明明都賴給社工，現在趁火災搗亂，可恨媒體嗜血，她嚎越兇，記者們越興奮。

「小潔媽媽，請問妳女兒是來動什麼手術？」

「主治醫生是誰？」

博得關注，她嚎得更來勁。「我憨慢不識字才被欺負，我女兒醫生叫沈什麼的，是個女醫生，她一直逼我同意開刀……哇災啦，要賺錢嘛，結果把她丟火裡面死……女兒呀，我的心肝寶貝——」

等等，戲沒演完，記者奔向另一頭。今晚的英雄出來了，他臨危不亂地從六樓陸續救下五人。

「請問您是怎麼保持冷靜的？平日從事什麼職業？」

面對鏡頭，他毫不怯場，接過麥克風從容地道：「我叫陽盛年，是台東業餘的山難救災員。在這裡，我可以很負責地說，剛剛那位媽媽對醫生的指控不是事實。」陽盛年原不想曝光，但在休息室看見報導，忍不住出來受訪。「我理解家屬著急，但隨便指控為了救人差點喪命的醫生，很不道德。好醫生不該被誣衊……。」

當他受訪時，被他洗白的沈思齊躺在病床，戴上氧氣罩治療，跟護理師們一起看連線報導。她們熱烈討論，對英雄品頭論足。

「幸好有人幫忙澄清。」

「他好高，看起來很性格。」

「性格有什麼用？重點是英勇。」

「英勇有什麼用？重點是夠冷靜，臨危不亂。」

「臨危不亂有什麼用？重點是結婚沒？」

「沒錯，這才是真正重點。」大家同意，有人自告奮勇。「好，都不要講了，我馬上查他背景，找他臉書。」危機解除，她們鬆懈下來笑鬧著，搶著搜尋陽盛年臉書。

沈思齊大難不死，看陽盛年為她抱不平，頭一回因為男人而臉紅，還有心跳加速。

這就是怦然心動嗎？

電視裡，那男人很高，輪廓鮮明，體魄健朗，有著寬額大眼，高挺鼻梁。他談吐從容，目光堅定，英勇又富正義感，更有古銅色肌膚。

是他嗎？月老終於發威了？都說禍福相倚，果真如此的話……沈思齊神遊起來，如果是月老賜良緣，她是否該把握良機？

沈思齊想多了，關月老何事？她的姻緣早被系統設定好，月老幫不上忙。更何況，就在她生死交關時，月老正在天上歡樂呢！

—♡—

神界舉辦「仙聚」，在西北幽天之上。仙樂飄飄，仙鶴盤桓，神仙們在雲海裡或坐或躺或高臥，漫談人間八卦。

離此約一里處，也有一群實習生歡聚，大聊師父們的八卦。他們圍在一起抽菸，煙霧瀰漫。月小柴拒吸二手菸，避在角落，跟一隻黃色土狗玩。這狗仔不知哪尊神明養的，四處跑。

托高狗兒，他朝那頭夥伴們問：「牠主人在哪裡？」大夥愣住，隨即爆笑。「牠？牠沒主人啦。」

「沒主人？」小柴撫摸小狗，小狗瞇眼吐舌，像是在笑。「可憐啊，想不到神界也有流浪狗。」抱著牠，小柴聽同伴討論實習心得，越聽頭越低。

阿虎的師父後天要幫他認證，正式登神。小涵在註生娘娘那裡實習，二十天就出道……小柴悄悄退遠，打算淡出。但，偏偏有個不長眼的喊：「小柴呢？咱們都要出師了，你也快了吧？開始獨立作業沒？」

「呃，快了……吧？」小柴回答。

「天啊，還沒嗎？實習一年了吧？」

「不能這樣算。」小涵更正。「他之前被其他月老退了，去九爺那裡還不到半年。」

「小柴就是耳朵硬，上次不是勸過你了，別穿得黃黃紫紫的很奇怪，師父們不喜歡。」

「對啊，男生穿緊身褲？很娘。」

娘你媽啦娘，美感你們有我懂？小柴炸了。「看看你們自己，ＯＫ？阿虎，你腰帶還勒那麼緊，肉都擠出來了，很噁。阿涵，妳穿圓領會讓脖子更粗，醜斃了。」

好喔，全得罪光了。場面尷尬，小柴好難相處喔，他們友愛地勸誡。「你啊，還是一樣暴躁。」

「要懂得紓壓啦！來，抽一根？」

「我不抽菸。」小柴推開菸。大夥愣住，又一陣轟笑。

「天啊，你是多菜？沒人跟你說嗎？」

「我們抽的不是菸好嗎？是雲啦。」

原來這群實習生吐出的白煙，最後都化成朵朵白雲。阿虎示範，含住細管吸吐，白煙飄升，高處團成雲。大家觀雲，一邊品雲。「阿虎心情不賴喔，吐出的雲又白又濃。」

小涵也吸一口吐出。大夥又品雲。「小涵最近吃很好喔，吐出的雲兒白又蓬鬆。」

「來，小柴，換你。」小涵遞來雲菸。

小柴用力吸吐……眾人觀之，忽然都噤聲不語。

但見雲兒上升上升，飄遠飄遠；小柴又狠吸一口，吐出，但見雲兒擴散擴散，遠去遠去……。

可那是一團團黑雲啊！眾人冒汗。這陰鬱仔少惹為妙，大家撤。霎時，現場僅剩小柴與狗孤立原地。小柴見狀，手插腰哈哈哈哈笑。

「好啊，走啊、都走啊！我又被排擠了，爽啦！」又狠吸好幾口。

那邊，正歡樂的神明們突然沉默了，一齊抬頭，見黑雲陣陣飄來。

「是誰家實習生？怨氣如此重？」

九爺有一股不祥預感，低頭假裝飲酒。關爺湊近，小聲地問：「不會是那隻柴犬吧？」

「噓，別問。」很可怕。

—♡—

「我要開始獨立作業！」自「仙聚」回來，小屁孩鎮日吵。

九爺勸道：「你還需要累積經驗。」

「對，所以給我案子，我好累積實戰經驗。」

「孩子，出師不利會有反效果。」九爺安撫。

「小看我了吧？我即戰力很強。」

「誰敢小看你的即戰力？」關爺捋鬚插嘴呵呵笑。「閣下的即戰力，強到讓吾友差點被打入地獄。金粉亂灑，龍頭杖亂揮，還差點棒打案主。」

又提?!月小柴哀怨。「你們兩個要好就排擠我，年輕人擺爛，就因為你們這些老屁股刻意打壓……怕我們青出於藍，就磨光我們的志氣，再罵我們沒出息……。」牢騷一發沒完沒了。

二神交換眼神，習慣了。

「下棋去？」

「好，喝一杯？」

「這不是排擠什麼是排擠？」小柴拽住九爺衣服不讓走。「我好傷心。」

「傷心什麼？我又沒說不答應。」

「欸？」小柴抱住九爺。「你同意？」

「我說過了，我很看好你。來，姻緣鏡拿去，回頭我再分配案子給你。」

小柴抱住姻緣鏡歡呼。

關爺看著好震驚。這九爺的包容心簡直與天地同寬，上回給龍頭杖出大事，這下連姻緣鏡都交出去？

—♡—

經過調查，醫院火災是延長線導致，但排煙設備為何沒發揮作用？檢調仍在偵辦中。

陽盛年出面幫沈思齊澄清，邱玉潔也轉入普通病房了，但玉潔媽媽還是堅持提告，認定女兒會留後遺症，想爭取高額賠償。

七十高齡的賴院長只好帶上秘書，到病房探望沈思齊。

嚴秘書轉交院長致贈的紅包給她壓驚，同時表明來意，希望沈思齊跟邱媽媽道歉，如果能吊著點滴過去更顯誠意。

「好，我去道歉。」沈思齊同意。「道歉她女兒跳樓自殺時，我沒在底下接住她。」

秘書尷尬地安撫她。「我們知道讓妳委屈了，但請體諒醫院立場，畢竟火災我們有責任。」

「對，所以要追究到底。」沈思齊看向院長的身後。「崔靜英呢？她怎麼沒一起過來？」

一提到她，老院長神色不安。

嚴秘書代答。「崔醫生沒事，已回工作崗位。」

院長迴避沈思齊的目光。知道同仁對她意見多，但崔靜英爸爸背景硬，不能得罪。

沈思齊說：「院長，記得找崔靜英問話。她當我的面關防火門，我跟病人差點死在裡面。」

「有這種事？」院長震驚。「沒人跟我說。」

「因為說了也沒用，院長姑息她不是一、兩次了。」

秘書趕緊開口打圓場。「說這什麼話，崔靜英如果有過失，調查後我們會處理——」

「冷處理嗎？」

「沈思齊！」院長動怒了。「妳認真、醫術好，我個人很敬重妳，但請講話得體。」

「真要敬重，就不會要我道歉。院長，為了救人，我們醫生要低賤到什麼程度？醫好病人是應該，稍有疏忽就提告。我輸出的是專業，不是服務，醫病關係是互相的。還有，崔靜英才要道歉，要不是她，我可以更快離開火場，也不會有邱玉潔這件事，我希望院長給個交代。」

「沈思齊，妳少說兩句吧，院長為了火災，已經好幾天沒休息了——」

「我知道了。」院長保證。「我會查，如有疏失絕對嚴懲。至於跟家屬道歉，其實也可以用寫信的——」

「不可能。」

「好吧，我尊重妳，但請妳休假，避避風頭。」

「行。反正她女兒手術順利，術後護理我會交接給其他醫生。」

談話結束，院長跟秘書離開。

拉上房門時，秘書背對院長給沈思齊比個讚。

幹得好！她一樣忍崔靜英忍得夠久了。

—♡—

沈思齊有輕微嗆傷，嗓音沙啞，住院觀察。

危機解除，人們最熱衷的還是八卦。留院期間，已聽說了大量關於陽先生的事。

他來醫院照顧因山難救援而腿部開刀的單身朋友，預計後天離開。院長為表感謝，自付差額，安排他們住進設備完善的單人病房。

陽盛年在台東經營「陽光民宿」，偶爾協助消防局山難救援，定期辦山野求生課，還會修繕房屋，近乎全能——並且單身。

於是不化妝的女同事們這兩天忽然各個妝容精緻，且各憑本事找理由流連單人病房。A見過陽盛年就跟B炫耀，B和陽盛年聊過天就和C臭屁，C成功跟陽盛年喝了即溶咖啡就和A、B說嘴。

他像一朵花，進駐高壓荒蕪的沙漠，苦悶的醫院生涯頓時有了調劑品。姊妹們的友誼幾度瀕臨破裂，但也隨時因分享情報速而和諧。這人間有愛的可能，就有種種樂趣。

沈思齊也不例外，她也準備跟進追求行列；手機已擬妥清單，預備出院後執行，把握月老安排的良緣。畢竟那個臉書粉絲頁「懷疑論者的通靈觀察」也說了，月老只安排相遇，後續要靠自己努力。

她什麼最厲害？就是聰明又努力。

今天出院，好友戴美輪開車來接她。病房裡，沈思齊已收好物品，正要離開，門被砰地推開了。

「沈思齊！」崔靜英闖進來。「妳跟院長亂說什麼？我是故意關門的嗎？是妳沒立刻停止手術，怎麼能把責任賴給我？」但沈思齊一抬手，她抱頭驚呼。「別打人！」

誰打妳了？我只是撥頭髮好嗎？

「崔靜英，我要是立刻停止手術，火災就不是零傷亡了。」

「那是意外！妳卻說得好像是我故意弄妳？我不是那種人。」

「妳心裡有數，讓開。」剛嗆傷，沈思齊懶得廢話。

崔靜英擋在病房門口。「妳去跟院長解釋清楚啊——」沈思齊用行李頂開她，她驚呼跌倒。沈思齊走出去，模仿她，當面將門關上。

「沈思齊！」

汪汪汪，隨妳吠。沈思齊轉身，但見前方走廊，陽盛年迎面走來。他也發現沈思齊了，露出笑容。他們走向對方，在長廊中央停步。

「沈醫師要出院了？」他主動幫她提行李。「要去哪裡？我載妳一程。」

沈思齊身後的門被怒地拉開，崔靜英氣嚷：「妳害我跌倒了！我要叫我爸把妳——嗨，陽先生？」崔靜英剎那間斂住怒容，燦笑著倚門打招呼。「你朋友好多了吧？」這一波英雄之亂她也跟上了。

陽盛年對她微笑點點頭。

「我朋友要我跟妳道謝，說妳昨天買的宵夜——」

沈思齊拉了他就走。「請你吃飯。」不給妖精機會，禍害速退。

稍後，在陽盛年車裡，沈思齊發簡訊給等在醫院外的戴美輪。

「約了陽先生吃飯，在路上——」

是在愛情的路上嗎？呵呵呵。美輪秒讚，識相告辭。感覺有戲喔，莫非……月老出動了？

月老箴言

010

平

這人間有愛的可能，就有種種樂趣。
月老只安排相遇，後續要靠自己努力；
相遇之後，才是問題的開始。
一切結果，只看自己怎麼選擇。

02

期待值拉滿滿，失望卻在一瞬間。

沈思齊沒想到，跟救命英雄的晚餐是幻滅的開始。

為了答謝救命之恩，她大手筆訂了百貨公司頂層、獲得米其林星級的星空餐廳。高樓外是絕美夜空，每道菜精緻得像潑墨畫，也驚人地高價，連服務生上菜姿勢都被嚴厲校準過。

沈思齊點齊招牌菜，然而陽盛年嚐了，反應淡淡。

招牌的嫩炒蘆筍尖，他說：「我吃過更厲害的，價錢只要十分之一。」至於名菜東坡肉，他覺得還好。「味道蠻普通的。」

一直被打槍，沈思齊放下刀叉，不高興了。「說得好像你才是專業美食家，人家可是米其林——」

「不要米啊麵啊，我不信這些。」他笑道：「米其林又如何？我只信自己的舌頭。還以為沈醫生很有個性，沒想到也盲目跟風。」

沈思齊瞇起眼。「我也以為你仗義直言講道理，沒想到就這水準。」她交疊長腿，雙手盤胸前。「對於花錢請客的，你就這麼回報？」

「當然不是。」

「喔，所以是針對我？」

「妳要這麼想的話……，」他輕撫下顎。「唔，算是吧？」

「我哪裡得罪你了？不想跟我吃飯可以明講。」

也許，他更想和崔靜英混。

「ＯＫ，那我說了。」他笑開。「我這樣，是為了讓妳印象深刻。」

沈思齊愣住。

他舉杯。「不過，這些菜也真的是不怎麼樣。但對面的人，是一流的。」

怒火轉瞬消散，取而代之的是沈思齊微紅的臉。她指尖摩娑著杯沿，冰涼涼的玻璃滲出水氣，指腹濕漉漉了，心也被撩得盪漾。

陽盛年笑著挾菜。「妳嚐過清晨鮮採的蔬菜嗎？用橄欖油略炒，滋味就勝過這些。」他略靠近她。「有空來台東，我做給妳吃。」

那嗓音慵懶性感，刮著沈思齊耳膜。炯亮的黑眸，像穿透她那樣地篤定。被如此出色的男人盯著，一般女人早已羞怯閃避，但沈思齊卻高昂下巴，挑戰地迎視他。

她知道，他在撩她。勝券在握的樣子有點討厭，又壞得迷人。

儘管心跳像蝴蝶振翅，面上仍若無其事。她緘默了。

「不說話了？是不是我太直接，嚇到妳了？」

「後天民宿有空房嗎？留一間給我。我要去度假五天，期待你做的菜……我也很直接。」

有意思。「可是我不只講話直接，行動也大膽。」

「比醫生開顱更大膽嗎？」

他愣住，笑起來。「跟妳講話真有趣。」

「我覺得你更有趣。」這是真的。

手機裡有追他的清單表，她早就預備要去台東度假。一要查他背景，二會住他民宿，三是近水樓台勾引他，四要勾引成功談戀愛，五會研究遠距戀愛怎維繫，……以上這些都在計畫，但沒想到幸福突然而來。

她還沒殺到台東勾引，他自己倒是先來一陣亂放電，唉，我沈思齊的魅力還真是……！

一頓晚餐，棋逢敵手火花四濺，最後他掏出「陽光民宿」的名片，笑得似陽光般耀眼。

「我等妳。」

—♡—

第二天，沈思齊一早就出門大肆採買，一路忙到深夜。

房間裡，平板電腦開著，新聞台正在直播。戴美輪坐在木地板上幫好友收行李。她將傘狀粉色絲質睡衣拎高打量——超低V領，還很短，這衣服什麼都遮不住吧？

「不要告訴我妳想穿這個在陽先生面前趴趴走。」

「男人是視覺動物。」

「所以妳把自己變成食物？」看看床上，都鋪滿什麼？性感內衣褲，各種美服。「看得出來，妳連保險套都準備好了。但他發現了會怎麼想？」

「他怎麼想我不管，我得保護我自己，有備無患。」

美輪擔心她衝過頭。「既然這麼喜歡他，不如曖昧久一點。妳想和他有結果就要慢慢來，最好曖昧個半年再上床。」

「半年？像妳和簡律？喔買尬，浪費青春我辦不到。」

「沈思齊！我在跟妳講嚴肅的──妳什麼姿勢？」

沈思齊臉敷面膜，雙手合十，雙腿凹成ㄇ型，足尖點地，腳跟墊高。「這是金剛蹲，每天蹲五分鐘，養顏美容腿力好。」刀台一站是數小時，外科醫生腿不好怎麼撐？

「妳還需要練？妳夠美啦！」

「對。」沈思齊面露狠勁。「但我要以最佳狀態赴約。」

美輪有毛骨悚然之感，替陽盛年怕起來。

蹲完，沈思齊吸口氣趴好，又開始做起瑜伽的貓式。美輪白眼翻到腦後。

這女人瘋了。

「符合條件的男人該把握，所以更要謹慎。假如妳去了，發現真的很中意他，聽我的，別發生關係。很多女人一跟男人上床，對方立刻冷掉。」

「開腦見血我都不怕，還怕一個男人對我冷掉？我就去度個假，萬一合不來就算了，沒差。」

「沒差需要搞這麼多裝備？才五天，衣服要七套全新？」

「我喜歡準備充分。」工善其事必利其器。「但我不強求。」

妳最好是不強求！「妳沒經驗所以不知道，妳得先觀察他一陣子，妳知道嗎？女人那裡跟心是相連的——」

「等一下，那裡是哪裡？陰道就陰道，幹嘛羞於啟齒。」

「我是要告訴妳，女人的第一次是很珍貴的——」

「戴美輪，妳這什麼荼毒女人的迂腐思想？我們的身體是用來體驗的，該看重的是精神世界。在醫院，精神強大的病患常有奇蹟，一旦病人精神崩潰，就算醫生努力也沒用。沒錯，女人不需要隨便，但也不必被約束；過分看重，反而造成某些人因故失去就自卑，還產生陰影。妳這種處女情結太要不得了。身體從出生就開始不可逆的老舊破損，精神卻可以像劍，越磨越強韌，妳說對不對？我講得有沒有道理？妳有在聽嗎？」

戴美輪側臥在地吃蘋果。這才說一句，她就駁出一篇論文來。

「妳啊，假如跟他上床了，結果發現他只是跟妳玩玩，不想負責，妳這顆心齁，一旦淪陷了怎麼辦啊？」

「心跳再慢，一分鐘都有六十下，心臟無力才會淪陷。」沈思齊走到美輪面前，雙手叉腰俯視她。

美輪打住吃蘋果的動作，防備地仰望她。「幹嘛？」

「我發現妳交男朋友後，整個跩起來了喔。到底是把我看多貶？是什麼讓妳覺得淪陷的是我，受傷的也是我？」

「就從妳跟我說他撩妳的方式。」美輪扔下蘋果，站起來。「我實話告訴妳，在律師事務所上班久了，人性看多了，這男的很會，百分之九十九點九是個海王！」

美輪認真替好友擔心。思齊在情場無經驗，根本一隻小白兔。

但初生之犢不畏虎，何況沈思齊就是母老虎。她笑了。「齁，我知道妳為什麼看衰我了。」按住好友的肩膀，沈思齊說：「是不是看我都沒人追，怕我會戀愛腦——大、錯、特、錯。」

她從床底拉出紙箱，倒在地上，信件堆成小山丘。

「這什麼？」美輪拾起一封。信封左側有簽名。「溫瀛和？這誰？」

「醫院旁那間二十四小時咖啡店的店長，因為腦瘤暈倒，被我救過。」

「有這種事，妳竟然都沒說過？這年代還有人寫情書，很浪漫欸。」但只有幾封拆開，其他都沒拆。「妳沒看啊？」

「沒空看，反正內容都差不多，感謝我救他一命巴拉巴拉，很喜歡我巴拉巴拉，天氣冷加衣服天熱小心中暑，……喂，我是醫生，我會不知道怎麼照顧身體？」

「寫這麼多？很深情。」

「字很好看，可惜外表、個性都不是我的菜。他太瘦弱了，不適合。」

蒼白高瘦的溫瀛和小她三歲，是什麼阿貓阿狗都可以欺負。咖啡店禁外食，就有大媽帶外食；有幾回值班的隔天早上，沈思齊在那裡吃早餐，看他勸那些大媽不能外食，結果呢？被嗆個幾句，他就妥協了。還見過客人家裡鑰匙寄到店裡、收貨地址寫店裡、買菜拜託寄放店裡冰箱，甚至連出國時的貓狗都拜託他，……與其說是店長，不如說是超商店員。

「他就是個爛好人。」

「懂，要酷的妳才愛。」闔上行李箱，美輪揮揮手。「去去去，去跟妳的陽先生玩。」

裝備齊，戰衣妥，沈思齊鬥志高昂要去戀愛惹。

但，萬事俱備，天氣不買單。

新聞台正播報氣象。「今年第二個秋颱魯米颱風路徑難測，極可能增強，如果路徑不變，明天可能從台東……。」

「颱風好像真的會來，妳還要去嗎？」

「去！」子彈都上膛，人也熱機了，拒絕放棄，沈思齊風雨無阻！

—♡—

人間的沈思齊鬥志高昂，神界的月小柴卻依然鬱鬱寡歡。

九爺撫著下巴考慮。「我準備跟上面稟報，讓他回人間重修。」

關爺嘆息。「難得你百年才收一個徒兒，這麼沒用。」

「無妨，我已看中新徒兒，預備讓他來實習。」

「看中了誰？」

「就那位開足二十一項擇偶條件的醫生沈思齊。」

「What？」小柴咻地奔來，抓住九爺。「沈思齊？她死了？她不是才剛要和心上人相遇？」口水都噴九爺臉上了，真是。

這廝厲害，三秒就從萬念俱灰到激動萬分，果然天生Drama。

「冷靜。」九爺抽出放在西裝口袋的帕子，抹了抹臉。「我是先預定，又不是立刻。」

「齁唷，嚇到我……等一下，為什麼沈思齊是你要的實習生，我呢？她比我好？」

「小柴，可知你為何不能出師？因為：『古之至人先存諸己，而後存諸人。所存於己者未定，何暇至於暴人之所行？』你聽不懂我知道，但嘴巴閉起來，多看書。沈思齊是不是比你好？我不知道，但肯定內心比你強，至少不會啥也不挑戰就躺下去。」

小柴凜目，不爽了。

九爺繼續道：「回去看看姻緣鏡，跟住沈思齊的姻緣路，要是看完還不知自己問題在哪裡，就別找我了，直接去輪迴。」又嚴肅道：「糞牆不可塗，廢柴我不教，懂否？」

小柴緊抿嘴，淚汪汪，還想反駁，忽地被關爺劫走。

「廢話真多，喝酒啦！柴柴啊，先存諸己後存諸人，意思是幫人之前要先顧好自己，你這麼同理個案不行，學學老子我，誰敢求我又跟我唧唧歪歪，我就一拳給他……。」

—♡—

氣象預報強颱魯米於下午五點，即將登陸台東。花東受強風影響，嚴防豪大雨跟間歇性強風。

好極了啊！沈思齊就是在這麼刺激的風雨日抵達台東車站。在她那一班之後的火車都已停駛。

天氣本是晴朗，過午開始狂風暴雨。沈思齊一走出車站，才剛開傘，咻地就被強風吹走。梳好的髮型瞬毀，她一身白洋裝，拖行李箱又拎大包包，站在出口處，瞪視天空降下來的滂沱暴雨，度假的好心情都被打亂。

車站前，坐在吉普車裡的陽盛年，看她一翻兩瞪眼的狼狽樣，忍不住笑。可憐的沈思齊盛裝出席，站在車站前遭暴風雨調戲，像朵搖搖欲墜被摧殘的小茉莉。他下車奔去，踿住她的手，扛了行李就拉她跑上車，又給她毛巾擦頭髮。

「這麼大的風雨，撐傘是沒用的。」他說。

「沒遇過這麼誇張的風。」才跑一小段，頭髮肩膀全濕透。

陽盛年拿來另一條毛巾幫她擦頭髮，沈思齊聞到他指尖有檜木的香氣。

「颱風來得太快，我剛還在倉庫忙。」他發動車子駛上馬路。

「這種天氣來度假，我是不是虧大了？陽光民宿應該要改名，你看看，這是暴風雨。」

「別這樣，這幾天都有陽光，直到今天早上都還是好天氣，可能是因為妳要來——」他看一眼暴雨的天空。「看看，嚇成什麼樣子。」

「喔，是我的關係？」

「妳命盤很硬哦，上次見妳是火災，這次接妳是強颱。」

「所以？」

「所以，沈醫生是暴風女神。」遭她白眼，他趕緊補一句。「美麗的暴風女神。」

她笑了。這是他們間的默契嗎？總是要抬槓互虧又逗樂彼此。

「放心，颱風天更好玩。」

「怎麼說？」

油門一踩，他們駛入暴風裡。「更刺激。」

—♡—

暴雨中的「陽光民宿」有紅瓦屋頂灰石牆，天空藍大門與窗框；方正外觀，樸素模樣，被杉木與大量綠竹包圍。

屋前有一片空地種植花草木，空地前方是坡道，壘著一塊塊大石，沿石階下去就是搭棚子的停車場。

晴日，這裡幽美，但此刻花草都被狂風吹得伏倒，地面被暴雨沖成小河，黃泥掩沒石徑。

坐在車裡，沈思齊瞪著一地泥水。現在要怎麼走上去？很好，價值不菲的白色尖頭皮鞋，可將腳型襯得纖細柔美，枉費當日購買時試過多少雙，現在要毀在壞天氣裡。

「鞋子很漂亮。」陽盛年繞過車頭走來，笑著道：「弄壞就可惜了。」他很自然地動手幫她脫鞋。

沈思齊有些尷尬，心跳漏了半拍。

他將鞋子塞入開襟背心裡，不在乎弄髒衣服。

「來。」他拍拍胸膛，展臂咧嘴笑。「不怕，哥扛妳過去。」

沈思齊笑出來。哥什麼哥？「用扛的？」

「抱，是抱。公主抱地抱過去，不嫌棄的話，請。」

「你確定？」這裡離民宿有段距離，坡道都是泥水，看樣子還很滑。

「沒問題，絕不會摔傷妳。」

好吧。沈思齊靠近他，輕易就被攬入懷裡，穩穩抱起。同時，他還有餘力單手甩開遮雨塑布，掩在他們身上，大步拾級而上，將她安穩地抱進屋裡才放下，又將鞋穩穩放在木地板上。

「右邊那間套房有浴室，妳先洗個熱水澡，免得著涼。裡面有浴袍可以換，我去幫妳把行李扛去房間。」

簡單介紹完，他又去忙了。

站在他的地方，沈思齊還有些暈。古樸的木造客廳中央鋪著地毯，置了矮桌擺點心跟茶具，漫著檜木香。窗外灰濛濛地暗著，屋內映著橙色燈光。

外頭是狂風暴雨，屋裡更顯溫暖平靜。

強颱正快速掃過，沈思齊微微緊張，身體好似也有強颱過境。

愛降臨如颱風，正在暈眩她。如果撩妹有等級，他是霸王級。

這會兒，沈思齊總算明白了，戴美輪說的那兩個字，淪陷。

月老箴言

011

平

有智慧的人，是要先善待、安定自己，
才有能力去善待、安定其他人。
要是自己能量不足、自顧不暇，
又怎麼能插手別人的生活呢？

03

入夜風雨更狂，連電力都不穩，時明時滅。陽盛年點燃蠟燭，一盞又一盞，將客廳燃成柔和的橘。

他沏茶給她喝，拿小瓦斯爐煮火鍋，說她是貴客，不收住宿費。

他都這麼說了，她也不客氣。

瞬風狂，打得屋舍震動，風聲嚎叫，聽著很嚇人。過去在台北經歷過的颱風，都沒這麼恐怖。

「這房子堅固嗎？」

「沒問題。妳怕嗎？」

「怕什麼？屋主都不怕了。」

陽盛年殷勤地給她挾菜添湯，跟她聊屋舍來歷，是怎樣從長滿芒草的廢棄農舍，自己開小山貓怪手慢慢整理，打造出理想樣貌。

「別看它普通，我用的材料跟工法都很牢固。」談論屋子時，他充滿感情，好像這屋子是他另一個情人。

「知道有強颱時，我以為妳會取消行程。」

「你希望我取消？」

「當然，這種天氣誰會來？妳覺得合適嗎？」

「喔，給你添麻煩了。」

「就是。」

沈思齊臉色一沉，不吭聲了。

他微笑。「生氣了？」

「你可以通知我取消。」

「我以為妳會自己打來取消，但妳沒有。我就想，啊，那個女人一定很期待來我這裡度假，我怎麼好讓她失望？」

「陽盛年。」沈思齊放下碗筷，嘆息了。

「是。」

「你講話都這麼欠揍？」

「妳生氣的樣子，特別可愛。」他慵懶地托著臉，衝著她笑，笑得很可惡，像在逗貓咪。「我如果生病，有妳這樣的醫生，一定立刻好起來。」

「你明明很期待我來。」

「哦，怎麼說？」

「看看你，從剛剛到現在，表情有多得意，滿臉都是笑，一直在秀肌肉，不是嗎？喔，又是幫我擦頭髮，又是扛行李，又是幫我收鞋，又是公主抱，很明顯就是在秀你的雄性魅力，你以為我看不出來？」

陽盛年大笑。這女人真敢講。「被妳看穿了。」他撫著自己的臉。「有這麼明顯？」

「超明顯好嗎？」她也笑了。

一下緊張一下快樂，一緊一鬆的拉扯，曖昧不明的彼此跟試探，教人困惑，卻更興奮。

「好吧，我承認我興奮到睡不著。妳看，我還特地做了抹茶蛋糕給妳。」

「你怎麼知道我愛抹茶？」

「妳剛不是說了，我是多期待妳來？是是是，我還做了田野調查，為了讓沈醫生開心。」他早跟醫院護理師打聽過了。

這話她愛聽，她快樂得直笑。

「來，嚐嚐。」舀一匙蛋糕，遞向她。她湊身，含住湯匙。抹茶香如蜜，溶在唇齒間。「好吃吧？再來一口。」

再餵一匙，她張口，吞沒好滋味。

然後，就從這裡開始失控。他湊近，她沒躲。她閉上眼，震顫地等待被親吻。他的吻像有一把鉤子，吊起久伏在她體內的熱情。

但是，情慾正高漲時，他驟然停住，喘著退開來，拉開一點距離。

「等一下……我不想占妳便宜。」他喘著道，艱難地抑住慾望。

是怎樣？沈思齊感到莫名其妙。

「我真的很喜歡妳，也想跟妳交往。」

明白！她又去抱他，再次被輕推開。「但有件事，我得先跟妳坦白。」

沈思齊僵住，有不祥預感，連忙退開。「你有老婆？」

「不是。」

「未婚妻？」

「沒有。」

「女朋友？」

「我百分之百單身。」

完了，那就是最糟的一種。「我知道了，你有性病！」

「拜託！沒有！救護員每年都有健檢，我報告漂亮到被拿去當教材。」

「那還有什麼問題？」她鬆一口氣，又笑著靠近，但再度被擋下。「現在是怎樣?!」

「在進一步發展之前，我必須先申明，我在感情上是開放式關係，妳能接受嗎？」

What？What ?!認真嗎？

沈思齊吹開落額前髮絲，雙手抱胸，盤腿坐好。唉，都三十二了還沒有體驗，好不容易天菜降臨，竟然——

「所以呢？」她眯眼打量他。「開放式關係？意思是要跟我交往，但是也可以和別人上床？」

沈思齊彷彿聽到美輪魔音穿腦，從遙遠的台北傳來唸經般的「渣男渣男渣男，感情玩家感情玩家……」。

然而陽盛年的態度、神情很誠懇。「開放式關係有很多種模式，在我這邊，我認為如果我們交往，就是男女朋友，交往期間我百分之百在感情上會對妳專一。但身體上，我希望保有跟別人上床的自由，彼此也不過問，我認為這樣的感情關係反而可以更長久。」

一般女人此時應該警鈴大作，要大罵渣男才對，但沈思齊是非常人。

她經歷過急診室訓練，遇到不解的衝突，必是先停看聽。停住批判衝動，看看對方狀態，以及好奇對方行為背後動機是什麼？往往探索完，再荒謬的衝突場面都能找到合理背景。

還有，急診室更嚴苛的要求是依據輕重緩急建立順序。此刻最最重要的是，她正在情慾當頭，綺想過無數次卻從未實踐過的情慾冒險，偏偏卡在這臨門一腳。

對陽盛年而言，遊戲規則先談好最重要；但是對沈思齊而言，未必如此。她的腦子正高速運轉，釐清現況，排定優先順序中。

見她沉默，陽盛年理解了。「不要緊，大部分女人都不接受，我理解。晚安，我回房間。」

開什麼玩笑？肇事了還想逃？沈思齊拉他回來。「嚴肅的事晚點再談。」

「不先說，我怕妳覺得……占妳便宜……。」他低喘，因為她圈住他脖子吻他臉龐。

「你怎麼知道，不是我占你便宜？」

燭光明滅，人兒纏住彼此。

強颱過境，屋外林間草木，多少生命岌岌可危？生命是這樣脆弱，因此可貴。見多了無常，或許她也變得不正常。

管他什麼開放不開放關係，她這會兒只想嚐到浪漫關係。她這樣風雨無阻地來，還做足那麼多準備，及時行樂，不能浪費。

況且，到底是誰占誰便宜，不知道。愛不是一樁買賣，又如何秤斤論兩地計算？

颶風撼動山林草木，驟雨狠擊屋頂。

人間在颳颱風，仙界卻很平靜，但月小柴蹲在角落，一點也不平靜。他對著姻緣鏡，正血脈賁張看到沈思齊與極品男要纏綿，鏡面突然糊成一片。

「啊——這什麼意思?!」小柴握住姻緣鏡，奔向大殿，衝到九爺住所。快快快！「九爺、九爺，姻緣鏡壞了，快快快幫我修！」

榻上，關爺跟九爺已醉，二神正吟詩作對好風雅，被小屁孩打斷。

「柴柴，不要每次一有狀況就著急……要穩重，嗝！」九爺打酒嗝，關爺指著他笑。

「醉了齁？」

「快點，快幫我修理啦！」小柴撲向師父，揪著他衣服拜託。

「唉，怎麼可能壞掉，我看看——」九爺拿來姻緣鏡檢視。鏡面一片模糊，他晃晃敲敲。「奇怪，收訊不良嗎？」

「給我。」關爺拿過來。

小柴心急如焚。「你有辦法？」

「自然是有的。」

關爺抽起青龍偃月刀，鏡子放桌面，舉刀就劈——

「關關——」九爺就是再醉，也不至於蠢到放縱好友施暴。他右臂勒住關爺脖子，左臂抓刀，同時右腳鎖住關爺身體，整個就像在擒拿一頭大猩猩。馬的，酒都嚇醒了！

「關爺冷靜！」小柴也速速跳起，抱住關爺壯腰，掛在他身上。他就是再急，也不至於笨到無視暴行。

經過師徒努力，這才讓關爺的刀勢停在離鏡面一公分處。姻緣鏡嚇到直顫，畫面霎時恢復清晰。

「它好了！」小柴驚喜。

「哼！」扔下刀，關爺捻鬍子。「知道怕就好。」

「但這是……？」

三神一起納悶瞪鏡子。畫面清晰了，但背景呈現粉紅泡泡，同時浮現白色巨字。

「保護人類條款第三十條，顧及當事人隱私，此段不宜。神明不、許、你、看！特別是兒童。」

「我不是兒童！」小柴喊。

鏡面大字再現。「心智年齡。」

九爺轉身憋笑，憋得肩膀震顫。這鏡子跟著自己久了，難免沾染習氣，偶爾嘴巴挺壞的。

—♡—

晨曦破雲，颱風鬧了一晝夜，終於離去，留下遍地泥濘，斷木殘枝，空氣卻比以往更清鮮，彷彿整座山都被洗過，漫著霧水與草木香。暴烈野蠻的破壞後，山林因沖洗變得更豔美。

沈思齊獨自醒來，伸展筋骨，心滿意足。

他們徹夜纏綿，最後偎著彼此酣然睡去，此刻懶在被褥，她怔怔望著窗外風景。山色鬱綠在霧茫茫間，觸目所及不見其他屋舍，更無人車吵鬧。葉間鳥鳴，遠處雞啼，隱在某處的山泉正嘩嘩地流淌。

這些，都與她熟悉的白亮工整的醫院不同，包括那個親暱抱著卻仍陌生的男人。

這是愛情嗎？患得患失，快樂也迷茫。

自陽盛年出現後，帶來的驚喜都是她從未體驗過的，也是她靠自己努力不來的。她心儀這男人，但沒忘記昨日他說什麼。

開放式關係是他的立場，而她難以認同，尤其在經過昨夜後，她很難想像自己會同意，讓她的男人親暱擁抱另一個女人……。

嘖，當初拜月老，忘了寫得更仔細。開放式關係？月老，您也太愛開玩笑，我沈思齊怎麼受得了分享伴侶？

管他的。她掀被下床。大不了盡興度假完再瀟灑說掰掰。

她神清氣爽地出現在陽盛年面前。他已布好飯菜，看見她，爽朗地笑開了。她穿紅色V領毛衣，襯著雪白膚色與鎖骨，烏黑的髮，秀麗的五官，柔潤微翹的唇，早晨的她更美，賞心悅目，他看著，又騷動起來。

矮桌上，一個紅泥小爐燒著炭火，深色陶鍋熱著白粥，炭火讓客廳暖烘烘。陽盛年給沈思齊介紹菜色，有鮮採現炒的蘆筍尖，平日就養在屋後；昨日跟鄰居拿的土雞蛋，荷包蛋是豔麗的黃，蛋皮煎得微焦，沈思齊拿筷子一戳，柔潤蛋黃流淌，還冒著煙氣。

「我兩種蛋都煎，怕妳不敢吃半熟蛋。」他說。

還有滷香菇豆腐麵筋，他自己做的傳統豆腐乳，炒製的辣蘿蔔乾，以及事先備妥、切得整齊，皮肥油潤的鹹水雞腿佐白粥。都是簡單的家常菜，沈思齊卻吃得享受。

他沒騙她，鮮採的蔬菜幼嫩清甜好吃得要命，每道菜都讓她讚嘆。真可怕，沈思齊暗暗驚嘆，這男人完美得像神不像人。食色性也，他兩種都滿足她。

看她吃得極香，陽盛年很有成就感，一直幫她添粥加菜。

沈思齊連吃三碗才停下。「好撐……。這也太好吃了，你開餐廳的話，我投資你。」

肚子一飽意志就軟，她思慮迷茫，望著他想，還是……開放式就開放式，管他的。人嘛，怎麼可能都沒缺點？

收拾完畢，陽盛年問她想不想去走走？沈思齊打呵欠。

「我想再躺一會兒。我們再去睡？」她毫不矜持地邀請。

他微笑。「贊成。」

於是兩人又滾回床上，摟著彼此親來親去，像一對只想窩在巢穴貪歡的愛情鳥，賴著調情，天南地北漫談。

音響裡播放沈思齊沒聽過的歌，男歌手唱著風一樣的什麼，歌聲輕快，聽著舒服。陽光自床後窗戶流瀉進來，浴著他倆皮膚，曬暖被子。這樣好天氣，讓人懷疑昨夜風雨是一場幻境。

陽盛年雙手盤在腦後，任沈思齊枕著自己胸膛。

「陽盛年，你為什麼堅持開放式關係？」

「很奇怪嗎？我就是不懂，為什麼戀愛就必須放棄身體自由？對物品，我們想物盡其用，為什麼對身體卻吝於分享？」

「你該不會是性成癮？」

「當然不是。」他大笑。「說真的，一場好的性愛能安慰現實中的種種不愉快，甚至可以紓解壓力。我喜歡女人的身體，我承認而且不覺得可恥。我不想因為愛上誰，就放棄其他人。」

「但有沒有可能是因為你不夠愛？所以才無法忠於她？」

「跟愛無關。妳是醫生應該了解，繁衍是生物本能，男人就是會想到處播種。性衝動是本能，不等於愛情；更何況我了解自己，就算愛上某人，也確實安分一陣子，但我不敢保證永遠安於一個女人的身體。時間很殘酷，而誓言跟承諾逼人違背真實的動物本能；為了不背棄承諾，就學會假裝跟虛偽。我有時覺得，成年人就是這樣慢慢壞掉的……。」

沈思齊無法反駁，因為他說得太誠實。如果他是精蟲衝腦的噁男，她可以立場鮮明地批鬥，但……陽盛年不是。當他這樣落落大方坦白自己，反而有種光明磊落的魅力。

卑鄙下流假清高的，她可以開罵，但他這樣坦率，教她沒有戰他的空間。他溫暖的大手摩娑著她背脊，語氣誠懇，企圖勸降她。

「所以，我需要能跟我一樣想法的女人。儘管性關係開放，但精神上，我們會是靈魂伴侶，只是保留彼此身體的自由。我覺得這樣的關係更務實，或許更長久。」

「但真心愛著對方，就會想完全擁有對方，怎麼可能容忍他和別人睡？」

「正好相反，就因為真心，才能無私地讓對方追求身體的快樂，而不是只在乎自己的感受，這才是『真愛』。如果妳願意，我想跟妳認真交往。」

沈思齊被他的話搞得好混淆。這顛覆她以往的認知。「我……不知道。」她怕做不到。

性和愛，真是兩件事，可以這樣切分？她需要更了解他。

「陽盛年，你這種前衛的感情觀是從何時開始？總不可能一開始談戀愛就是開放式關係吧？」

這下，換他沉默了。

三十三歲的他當然不可能是白紙一張，誰不是被世事染了又染，才複雜起來，築起城牆，壘出營地，踏在自己的王國，然後希望迎來自己的王或后。

沈思齊沒催他回答，隱約感覺自己問到關鍵。

他沉默了一陣，才徐徐道來。

「跟妳說個故事。大四時，我第一次認真跟人交往。當時真是非常愛她，覺得失去她會直接死掉的地步。這樣迷戀她的我，畢業後當兵回來到園藝公司上班，卻遇到一個更吸引我的女孩。當時，我為她瘋狂，連結婚的念頭都有了。我變心了，但又不想劈腿，就跟當時的女友坦白，提出分手……。」

「然後呢？」

「她恨我背棄承諾，受到很大刺激，一下跳樓，一下鬧割腕，最後連消防隊都認識她了……她一天到晚打電話到我家找我媽訴苦，跟我朋友抱怨，鬧到我公司去。我怕她真的因為我死掉，只好放棄工作專心陪她。當然，也沒臉再去追求那時迷上的同事。我勉強自己繼續跟她生活，也耐心安撫，可是那段日子，只要外出一聽見手機響，就緊張得想吐……。」

陽盛年痛苦地說：「說真的，當時我累到連死的心都有了，後來對她沒有愛，只有厭惡。每天看著她，我都在想：她到底怎樣才會放過我？憑什麼就因為我愛過她，就得一輩子跟她綁在一起，活得像假人，還要一直哄她？這跟坐牢有什麼不同？就只因為我曾說我愛她，我想跟她一輩子？」

事過境遷，如今想到他還是怨。「是！我就是承諾了又做不到，但這就是騙她嗎？承諾時，我也是真心真意啊……。」他長吁口氣。「當時缺乏分手經驗，整個人亂七八糟的。沒人教過我，當你不愛一個人了，怎麼辦？」

說到這裡，彷彿勾起太多黑暗回憶。他坐起身，拿水喝，平靜自己。事過多年提及，還是口乾舌燥，渾身緊繃。

背對沈思齊，他坐在床沿嘆息。「妳知道嗎？地獄就是和一個已經不愛的人，綁在一起。而她還深深愛著你，不放手。」

望著他，沈思齊竟同情起來。這有著寬廣肩膀的男人，曾被愛情重重碾壓，無助混亂地活過。

「後來呢？」她問。

他躺回她身邊。「最後她終於放手，但我也已經受夠了。她太可怕，但是更可怕是我。那時看著她，我都不明白，為什麼曾經沒了她，會覺得天崩地裂？後來又因為有她在，感覺生不如死？」他轉身，面對沈思齊，看著她眼睛。「沈思齊，妳覺得我們人，真的明白自己嗎？也許，我們根本沒強大到能對誰承諾一生一世……至少，我辦不到。」

沈思齊的手指安慰地輕撫過他臉龐。「我也不知道……也許你該這麼想，這全都怪你條件太好。」

他笑了，親吻她的手指，沈思齊溫順地偎向他溫暖胸懷。

不知道啊，但我們都愛歌頌愛情，盼愛有魔力超越人性。然而現實生活，真為愛瘋狂執著的，也許很可怕，甚至給周遭帶來災難。

「堅持開放式關係之後，你還有跟誰交往過嗎？」

「有一些。」

「她們接受你這樣的感情觀？」

「短暫交往過幾個，都不是太順利。」

是吧？一般人很難接受。

「但我不會妥協的，」他堅定地說：「與其日後被抱怨，我寧可一開始把話講清楚。」

「理解。」沈思齊安慰地拍拍他，縮進被窩裡。

「所以……妳接受嗎？」

「睡一會兒吧。」她打呵欠。

沉重話題到此為止。脈絡釐清，立場理解，但要不要交往？她沒答案，再次沉沉睡去。

沈思齊不知道，當她睡去時，陽盛年反而沒了睡意。

他迷惘，隱隱不安著。

他真的喜歡她，喜歡到幾乎想放棄原則。她不給明確答案，這折磨他。會不會就因為自己的堅持而錯過她？但餘生只跟她，他辦得到嗎？

辜負過別人，對於愛，也就更沒信心永恆。時間容易抹殺激情，一對一的愛太安全，易膩也易倦；開放式關係讓愛在些許不安中，常保新鮮刺激，愛或許更久。他是這麼想的。

沒錯，我不能退讓。

就因為很喜歡，在認真投入感情前，更要堅守立場，不被動搖。不管她多迷人，陽盛年，你要堅持住；哪怕錯過，趁感情不深，痛只會一時，總比放棄原則，日後交往卻相處不來，被誓言約束好。

因為他會怕，怕不愛了卻逃不掉，那牢籠般被困住的窒息感。愛過的記憶是頭怪獸，時不時咬住他，吞滅他的勇氣。

他早已沒了愛的初心，擁抱誰都不太堅定。那種愛上誰就忘我的勇往直前、奮不顧身的初心，他已丟失。

—♡—

午睡後，他們外出。陽盛年拿了紙箱，帶她穿梭林間，蹲在殘枝跟亂草堆裡尋覓。

她陪著搜尋，很興奮。「找什麼？香菇還是野菜？」

「有了，妳聽。」

聽什麼？沈思齊湊近，在他身邊凝神聽，忽而眼睛一亮。他對她笑。「聽見了？」

聽見了，是細微的啾啾聲。

他撥開亂枝，捧出一隻無毛的雛鳥，放進她掌心裡。沈思齊小心捧著軟熱的雛鳥，牠張嘴伸頸，奮力地啾啾喊，以為媽媽來了。

沈思齊驚喜，聽他說：「應該帶妳去風景區逛，但我想妳是醫生，應該更樂意陪我找這個。」

他說颱風後，到處都有被摧毀的鳥巢跟受傷的動物，所以每當颱風過境，他會像這樣進山裡找。

「一起找吧。」沈思齊將雛鳥放進紙箱，他接過去，牽住她手，走進林蔭深處。他們後來又在灌木堆裡陸續看到動物屍骸，也成功救出斷腿的松鼠、三隻雛鳥、一隻野兔，最後連穿山甲都撈回一隻，通通帶回去，一起簡單處理傷勢，交給開車來載的獸醫朋友。

沈思齊常救人，但救動物是第一回。替小獸們清傷口做包紮，讓她很興奮，這比帶她去風景區吃喝更讓她歡喜。經驗難得，她甚至拍照做筆記。

整個假期直到結束，台東什麼景點好看，沈思齊列足清單但是都沒去。預備買給美輪的名產，沒空不買了。她被陽盛年帶著上山下海，比起自己列的清單，跟他到處亂晃更好玩。

他帶她爬山，沿途採集樹葉，教她辨識，告訴她菱形且葉面極大、背有細毛的是構樹葉，採了帶回去。

他拿構葉煮熱湯，讓她泡腳，說是對身體好。

泡腳時，他揉麵糰、熱蒸鍋，拿構葉取代蒸籠紙，蒸小饅頭給她吃。泡過構葉湯的腳暖呼呼，現做的手工饅頭Q彈有勁，完勝所有她曾吃過的。

沈思齊也想學，拿出筆記，要他再做一回饅頭，還必須逐個動作慢慢來，讓她拍照記錄。

揉麵糰時，不想弄髒衣服，陽盛年打赤膊操作。看沈思齊拍來拍去的，他得意地說：「想拍我就明講，是不是打算回去後設成手機桌布？想我的時候看著哭？」

沈思齊賞他一個白眼，繼續筆記。他又說：「不用這麼認真記，做我女朋友，隨時都吃得到。」

這是陷阱題，她微笑不語。

學了小饅頭，又發現新大陸。陽盛年採集屋旁野生的桑樹葉，一片片洗淨，放陽光下曬過，取來鐵鍋說要炒茶葉。

茶葉？就靠鐵鍋炒？沈思齊想像中的茶葉，都是大工廠大機器大陣仗搞出來的。

「自己吃，這樣炒製就能做成茶葉保存，很簡單。」

沈思齊看他乾鍋加熱，桑葉丟進去，小火炒乾再碾碎；炒製時，桑葉特殊的甜香瀰漫空間，那是沈思齊從未聞過的。

陽盛年熄火，取來沖咖啡用的濾紙，將桑葉以沖咖啡的方式沖泡，一壺碧色茶湯完成。

「桑葉茶對身體很好。」他倒一杯給她。

沈思齊飲了就迷倒。那麼清香，感覺心肝脾腸都因它潔淨了，於是又吵著要學，拜託他重新操作，她要確實紀錄。

可憐陽盛年只好再搞一次。這樣搞來搞去，哪有時間再去什麼風景名勝區？況且，當他操作，她逐個步驟都要盤問仔細。

「等一下，鐵鍋多熱再放葉子？」

「溫溫的就放。」

她不滿意。「溫溫是多溫？幾度？有量溫度的東西嗎？」

問問問，簡直浪費光陰！換陽盛年賞她白眼。好不容易進行到弄碎茶葉，她又喊停。

「這是炒多乾時再弄碎？要多碎？我怎麼知道幾時壓碎？你等等，我拍個特寫啊……。」

瞬間，手機被搶走，清單被揉碎扔在地。

陽盛年一手持鏟一手插腰要她靠邊站，菜鏟指著她的臉，惱火罵：「沈思齊，我沒有標準答案。妳要專心看，不是急著做筆記。妳要感覺當下的氣溫、濕度，要觀察，不是依賴清單。因為每個當下狀況都不同，我怎麼可能給妳標準答案？妳要活在當下，懂嗎？」

被教訓了。沈思齊頭一回被這樣罵。她的傲慢呢？她的脾氣呢？她火大起來也很嚇人的，於是她——

「好喔。」

尬的，她聽見自己小聲喵好。

果然，一物降一物，老虎變成小貓，乖乖閉嘴看，再不敢亂動，靜靜觀察看操作。

在光影中，他動作流暢地炒茶沖茶，晃杯盞傾茶湯。日光明麗，而他英俊帥氣，沈思齊看著看著，好生嚮往。

她又上前，他見狀又要開罵。

「妳又——」

又什麼又，她沒拍照也沒寫筆記，只有看當下的情況，所以當下衝動上前去，拉下他的臉踮起腳跟吻下去……。

其實可以答應吧？錯過這男人，會哭啊……她很掙扎。有多掙扎？如果當場有個紫微大師，她可能背叛原則立刻排起命盤來。

—♡—

雖沒答應交往，但整個假期裡，沈思齊都在勸降自己。

她想，難怪陽盛年迷人，他不列清單，隨心所欲，按當下變化，餐飲隨機調味，行動很難預測。跟他一起常有驚喜，他徹底活在當下，會突然就拉她爬山、帶她衝浪，也會突然就摟她吻她，更會一時興起就說今晚睡屋外，因為星星美。

在屋前空地，他鋪墊置毯，拉她來一起裹著毛毯觀星賞月。

「你看，那顆最亮。」沈思齊指給他看。

陽盛年把手機遞給她。「妳拿著，對準那顆星。」

沈思齊舉高手機，瞄準星星，手機螢幕裡呈現同一片天空，不同是那顆星星旁，秀出了它名字。

「是木星？」她又對準一旁的紅色星星。「是火星？難怪紅色的。這好厲害，它還把星座連起來，原來射手座是這樣排？太強了，我也要載。這什麼APP？你太厲害了！」

陽盛年被她興奮的讚嘆逗樂了。「不是我厲害，厲害的是中研院的歐柏昇。這是他演講時分享的免費觀星軟體『Stellarium』。來，我教妳。」他教她如何操作。「以後晚上看天空時，要是想知道星星的名字，就打開軟體選實境，對準它……。」

於是沈思齊整晚著迷地辨識星星，發現每隔一陣子，群星就移動位置，或是因為地球在轉動自己？夜空黑暗沉靜，月亮星群看似靜止，但地球分秒在自轉，星群位置在變化。

但人類置身其中竟無感？奇蹟原來離我們很近，處處皆有。宇宙、星空、太陽、月亮甚至是……愛情，根本是神祕學。

科學要怎麼解釋，如此縝密安排的星群排列與星相？怎麼解釋愛的迷藏？

例如傲慢的沈思齊竟開始認真考慮，關於跟一個愛自由的男人交往，關於和他人分享伴侶的可能。

連螢火蟲都飛來了，像故意要浪漫逼她，教沈思齊腦子亂。他們裹厚毯，挨近彼此，浴著星光，看螢光點點。夜色真美，美到他們都有些感傷。

假期近尾聲，明天她要走。

臨睡前，沈思齊聽他問：「要跟我交往嗎？」

「我也想，但是……不確定能辦到。」她不願輕率敷衍，因為他曾有過傷。「但我答應，回去後會慎重考慮。」

第二天，陽盛年送她到機場。進安檢前，他從口袋拿出禮物，是一支木作鋼筆。「知道妳要來，我高興到睡不著，做了這個給妳。」

沈思齊接過鋼筆。筆身殘留他的體溫，暖著手心。

「是用紅檜做的。」

她湊近聞，檜香醇厚，木質暖心。原來那日接她，他指尖的味道是這個。

褐色筆身有微紅的螺旋木紋，刻著太陽圖騰，中央是她的名字「沈思齊」。

這是象徵她被陽光包圍？還是寓意被陽盛年擁抱？

沈思齊握緊鋼筆。「不管最後如何，都謝謝你，這幾天玩得很高興。」

不顧旁人眼光，他們緊緊相擁。進安檢前，沈思齊朝他揮手再見。隔著往來人們，他們的神情一樣落寞。明明才共度了五天，分別也會痛，人的感情深淺，到底怎麼計量的？

飛機起飛，望著冉冉白雲，沈思齊心裡黏糊糊的。她額頭抵著玻璃窗，長吁口氣。

瘋啊。已開始想他。飛機在上升，她的心在下墜，只想墜落他身邊。

—♡—

「沈思齊慘了。她該答應嗎？陽盛年是真心喜歡她嗎？」

機艙備餐區，二神坐於地。月小柴覺得姻緣鏡怎麼看都傷眼力，缺乏臨場感，硬跑來這兒湊熱鬧。但又擔心像上回衝動壞事，他不敢囂張了，硬拉九爺陪行。

九爺心軟答應，可是他很煩，因為小柴問題好多。

「九爺我問你，開放式關係也算真愛嗎？」

「無性關係是真愛嗎？」

「我是問開放式關係！」

「所以我問你無性關係。」

小柴怔了。對一個人沒有性慾，是真愛嗎？

「兩個問題都一樣。為了繁衍後代，人有愛慾。有人因年齡關係，或本身靈魂設定沒有『繁衍』這一題，自然性慾低落，甚至消失。性慾喪失在人類社會可能被當成問題，甚至是病，但若是自然凋零，又有什麼問題？肉體沒性慾，但靈魂還是會渴望有同路的伴，也必須走完該了的姻緣。那麼，當這樣的人尋找伴侶，他說：『我愛你，但我想要的是無性關係。我對妳沒性慾。』對方會相信是真愛嗎？但難道這就不算是愛？」

小柴似懂非懂。「但我問的是……。」

「開放式關係，我知道。」靠著機艙，旋著酒杯，九爺徐徐道：「一樣，只是會承受更多批判。小柴，每個靈魂的設定不同，功課各異。有的帶著比他人更強的繁衍衝動，就會性慾旺盛；有的是基因好，生物本能就想廣泛傳播。這時，他們重視肉慾，看重性生活品質，對性充滿好奇，而且一旦性慾滿足，就跟吃飯一樣，結束了就不想再與對方牽扯。但在精神層面，他們一樣會有想探索、想專一的對象；靈魂還是會渴望找到同路的伴，也一樣會照顧並愛護伴侶。他們身體自由，但情感仍嚮往歸屬某人。這樣的他們也付出，也會受傷。熱衷性自由的人，難道就沒有真心，不配擁有愛情？」

小柴明白了。「所以就算情慾自由，他們也是真心愛對方。」

「對，這也是真愛。但前提是不能強迫他人，要坦誠表達自己。如果只是性衝動，卻用愛包裝，誘騙對方上當，那麼衝動後，就要承擔被唾棄的因果。只要彼此有共識，不以欺瞞或扭曲的方式維繫關係，就能收穫真愛，並得到與常人不同的體驗跟領悟。」

「我懂了。」小柴跳起來看著九爺。「所以陽盛年跟沈思齊是絕配！」

「誰知道？」九爺沉吟。「沈思齊的姻緣屬於『系統設定』，相遇之後，才是問題的開始；一切結果，只看她怎麼選擇。更何況，這樁姻緣我們幫不上手。我嚴正提醒你，管住你雞婆的個性，既然不甘心看姻緣鏡，非要臨場感，就不要給我起什麼臨場反應知道嗎？等等，我以上講的是哪一段讓你害羞？幹嘛臉紅？」

小柴漲紅面孔，忽有些羞於啟齒。他坐下，搔著頭不敢看九爺，但又忍不住想問：「那個……我可以問個私人問題嗎？」

「不行。但你會閉嘴嗎？」

「不行，我還是要問。」

就知道你很盧。九爺翻白眼。「問吧！」

「如果照你說的，性衝動是為了繁衍後代。那為什麼會有我這種怪胎，明明是男生，卻只對男人有反應？對女人沒慾望？」

「小柴啊，天屬陽，地屬陰；火是陽，水是陰。」九爺一彈指，一團紅光凝在小柴眼前，又一彈指，生出一團白光。「孤陰不生，獨陽不長，陰陽注定互相吸引，渴望交融圓滿，然後萬物生。」紅白光團融入彼此，旋動，滙成燦爛光圈。「能量就是會趨向平衡。陰陽協調，風調雨順；陰陽不調，便是災難的開始。宇宙是很有智慧的。」

九爺又說：「女體是陰盛陽弱，但隨年齡增長，會變得越來越陽剛，這是陰陽想平衡的自然過程。女人身體陰盛，自然渴望與屬陽的男體擁抱；男體陽盛，則欲求女子。陰陽交融，孕育後代。人只要陰陽平衡，就能帶來和諧愉悅感。這就是為何在互動良好的愛情裡，身心愉悅，心境平和，銳氣盡消，被真愛和諧。可是，像你這樣的孩子是例外……。」

九爺再一彈指，掌中凝出紅光，紅光外圍，暈著一圈藍。「男身本該陽盛陰弱，但你卻是陰盛陽弱。這樣的人是奇蹟，是極特殊的載體，也特別敏感。他有屬男的陽，卻同時有女子般細膩的陰柔世界。這是多麼豐盛的載體，用對地方，就會有驚人的創造力，創造出能安慰並吸引陰陽兩性的事物。這也是為何許多藝術家都具有這類傾向，敏感的他們也特別迷人。向陰的靈魂可能被吸引，向陽的靈魂也易生愛慕。」

藍暈紅火，在九爺掌中閃爍如星。

「但這樣的載體，要承擔的也更多、更複雜。社會對男女有不同期待，兩股重擔都會壓在他身上。所以……，」九爺忽然吹出一口黑氣，籠罩著那團美麗。「稍有不慎，也特別容易崩潰毀滅。」

掌心一收，火光俱滅。他凝視小柴，目光銳利。

「但若調和得好，就會鍛鍊出極堅韌又燦爛的靈魂。某些陰弱陽盛的女子，亦是如此，愛女人更勝男子。這一切全是能量體陰陽比重不同，沒有誰是怪胎。所以……，」九爺嚴肅道：「小柴，像你這樣男身卻陰盛，想擁抱陽剛男子很自然。就像我之前說的，『能量體』嚮往陰陽平衡，渴望圓滿。唯一問題是要找到合適對象，並坦誠相處，這適用於每一種屬性的情侶。」

九爺攤開掌心，方才滅去的火光重燃，流麗光影旋轉，燦爛成團。「每個人都是獨特的能量體，有各自不同陰陽比重，都珍貴且獨一無二。然後各自在人間流浪，冥冥中尋覓著，找到與之契合的另一個人。屆時他們的能量會互相補足，和諧圓滿。不管他們是男是女是些什麼，到那時，他們將不再孤單，體會到幸福……。啊你現在是怎樣？」

小柴嗚咽，抱住九爺大腿哭。「我以為我是怪胎，原來我是奇蹟……拿衛生紙給我擦眼淚——」

九爺長腿一抽，小柴撲倒在地。「不不不，你誤會了。你是怪胎。敢這樣使喚老神的實習生，不是怪胎是什麼？」

「齁呦，九爺就是愛虧我，但我還是愛你唷！」小柴拇指跟食指交叉，給九爺比個韓式小愛心。

「別這樣，想吐。」

「齁呦、齁呦，你有時候真的很討厭欸。」小柴又抱住九爺撒嬌。

月 老 箴 言

012

吉

每個人都是獨特的能量體，
珍貴且獨一無二。
各自在人間流浪，
找到與之契合的另一個人。
互動良好的愛情裡，能量會互相補足，
身心愉悅，不再孤單，被真愛和諧。

04

「別跟他交往，這是渣男套路！」戴美輪氣噗噗朝電話那一端嚷嚷。「我就知道，他玩咖啦！不要被騙了。」

沈思齊一回家就和好友通電話，但美輪一聽就炸了。

然而沈思齊蠢蠢欲動。「我其實能理解他的想法。」

「妳被洗腦了！拜託妳那麼聰明，別跟我說妳會同意。開放式關係欸？妳能接受渣男？」

「我是覺得批評要客觀，他不渣，他只是有自己的主張。」

「他有但妳沒有。妳的原則呢，理智呢？我就知道初戀讓人智力減半。」

聽聽，已經開始幫對方講話。「這麼簡單的道理妳看不出來？隨便妳。」

美輪氣到掛電話。好友一意孤行，分明在撲火。擔心沈思齊被騙，她氣了足足有兩天，跟沈思齊冷戰。

和男友簡辛然晚餐時，她忍不住問他意見。「你能接受開放式關係嗎？」

簡辛然暴怒，扔下便當。「戴美輪，雖然交往前我答應尊重妳個人喜好，但妳這次真的太超過！」

「你生氣了？我以為男人會很高興。」

「妳跟我不是認真的嗎？」

「是應該生氣對吧？」美輪摟住男友臂膀。果然是我男人。「放心，我對開放式關係沒興趣。是我朋友，她遇到的對象想要開放式關係。」

「別嚇我。妳去告訴沈思齊，聰明反被聰明誤，玩火自焚。」

「我沒說是她！」

「也只有沈醫生這麼奇葩。反正妳跟她講，這不是真愛，要她快點撤，早點斷乾淨。」

「就是，真愛的話，怎麼可能要開放式關係？扯斃。」

叮，手機響，沈思齊傳簡訊來了，八成來求和。

美輪點開，看見詭異訊息。

繁星飯店，309號房。

這是幹嘛？要我過去？美輪回撥。「沈思齊，妳幹嘛去飯店？找我喝酒？不要難過啦，拒絕這個可能心痛，但下一個會更好。我現在出門，我幫妳買酒，想配什麼下酒菜妳說！」

「溫瀛和。」

「溫瀛和？哪家店？」

「不是，我約了溫瀛和一夜情。不過現在變態很多，以防萬一，我先傳房號給妳。」

「蛤？蛤?!溫瀛和是那個追妳很久的咖啡館店長？」

「嗯哼。用想的都是問題，做了才有答案。我要身體力行看看性跟愛是不是可以分開，可以的話，才能答應陽盛年啊……美輪？喂喂？」

美輪長吁口氣。「好，保持聯絡，有狀況我立刻去救妳。」她放棄說服，雖然不認同但還是要擔起後盾。

沈思齊這番操作嚇壞好友，同樣震驚的還有溫瀛和。

他正在值班，一收到愛慕已久的女人提出過夜邀請，欣喜若狂，即刻搬出各種好康，求同事換班，立刻出發。良宵苦短，情意綿長，他急如流星，一個小時衝到309號房門外。

沈思齊開門，見他氣喘吁吁。「你是用跑的嗎？」

「嗯，因為……太高興。」

看他滿臉通紅，感覺不妙。「等等。」沈思齊指著他。「不要告訴我你是處男，我不負責喔。」

「拜託，我二十九了怎麼可能是處男？我才沒那麼遜。」

沈思齊臉色一沉。「等等，這種話我不愛聽。怎樣，幾歲才不遜？」

糟了，說錯話？難得好機會搞砸了？溫瀛和嘆息。「妳是不是反悔了？我不是來惹妳生氣的，如果妳不想了也沒關係，我們可以純聊天。」

沈思齊意識到自己的反應有些過分了。沒辦法，初試一夜情，就是膽再肥也會緊張。

「我沒反悔，但為了安全起見，我請問一下，你帶這麼大行李袋幹嘛？」

沈思齊指著他右手拎的黑色行李袋。「裡面裝什麼？方便我看看嗎？我這個人比較謹慎，你別介意。」

不介意，但有點傷心。「沒想到妳懷疑我是變態，妳真的很不了解我。」他連好人好事獎都拿過好嗎？「不用擔心，我絕不可能傷害妳。」他蹲下，拉開行李袋，裡面全是自己用飛快速度打包的。

「我就帶了妳平常來店裡愛吃的蛋糕，還有咖啡器材，想說萬一妳想喝。這是一些沐浴用品，也帶了乾淨毛巾跟浴巾，因為我不愛用飯店的。妳不介意的話，我也帶了一份新的給妳，是剛剛去買的。」

沈思齊震驚。不就一夜情，不用這麼搞剛吧？果然年輕人就是天真。「溫瀛和，我先聲明，我另外有喜歡的人，這只是一夜情。我不會因為這樣就感動和你交往，你也不用這麼賣力表現。事後除非我找你，你不能糾纏我。」

這是愛情的食物鏈嗎？在陽盛年那兒事前被聲明，沈思齊學得快，在溫瀛和這兒也聲明。

「我知道，妳在電話裡都說得夠清楚了，那我現在可以進去了？」他睜著清亮大眼。沈思齊怔了怔，側身，讓他進去，遲疑了幾秒，關門。

然而，沈思齊萬萬沒想到，溫瀛和明明外貌個性氣質都不是自己的菜，不抱期待，但為什麼發生這種意外……意外地美好？

若說陽盛年的慾望像火，溫瀛和就似雨，密密點點地融化她。他的撩撥太溫柔，耐心細膩地探索她……唉，這傢伙真是扮豬吃老虎。

沈思齊酣暢淋漓，太滿意了。

趁著洗澡時，她給美輪發了平安訊息，然後倒床就躺。

她對洗完澡出來的溫瀛和說：「你自己看著辦喔，想幾時離開隨便，我先睡了。」明天還要上班，她舒服地長吁口氣。

高潮治百病，性愛可分開，我辦到了。不跟陽盛年，我一樣很滿足，看來開放式關係不錯。

溫瀛和躺在她身旁，看著雙頰酡紅的沈思齊，他恍惚，感覺像夢。她曾醫術精湛地取走他腦中腫瘤，卻在他心裡留下情種。

就算她心中有別人，他也會永遠記住這一晚。

「你幹嘛？」

溫瀛和忽然下床找東西。「我帶了精油，可以幫妳按摩。」

「你會按摩？好啊！」沈思齊趴好。這外掛服務她喜歡。醫生上班超累，醫生欠按摩。

溫瀛和拿來按摩油。「這是薰衣草按摩油，可以舒緩酸痛，還能安神。」倒油在掌中搓揉，花香瀰漫，他沉緩地按揉她的小腿肚。沈思齊舒服得呻吟。

「太好了……對，就這裡，很痠。」

「是吧？」他連她的腳底都仔細按揉。「外科醫生跟我們服務業一樣都要久站，腿腳都會痠痛，一定要好好按摩。」

沈思齊沒回應，快要意識模糊，只隱約聽他說，他爺爺以前是蓋鐵皮屋的，……溫瀛和接著又按摩她的背。「我爺爺跟奶奶也常身體酸痛，所以後來我就去學按摩，每次按完他們就會睡得很好。我還會刮痧，以後妳有需要，隨時找我……。」

但她已睡沉了。

—♡—

第二天醒來，房裡瀰漫咖啡香，身體像重新投胎，連呼吸都更順暢，腦子也更清楚。溫瀛和去上班了，但留下沖好的咖啡在保溫瓶，還有昨夜帶來的抹茶蛋糕。

沈思齊將托盤拿到床上享用。晨光亮著窗臺，兩隻藍鵲在嬉戲，品著抹茶蛋糕，她想起陽盛年了。他做的蛋糕更好吃。

但咖啡呢？嚐一口，唔，溫店長沖的咖啡還是極品。

伸展筋骨，沈思齊滿足嘆息。我這是什麼幸福人生啊，感情有，床伴有，一個熱情一個溫柔；一個野狼一個小白兔，我果然功德積很多，這是福報啊。身而為人，如此豪奢，我就知道我是非常女，一般感情路怎可能滿足我？

沈思齊笑了。陽盛年啊，謝謝你啟發我，我身心解放，海闊天空了。

沈思齊到櫃檯退房結帳。櫃檯小姐說：「309號房？兩個小時前已經付清了喔。」

溫瀛和買單了？沈思齊收回信用卡，走出飯店，坐在滿地陽光樹影的飯店花園內，神清氣爽，給陽盛年發訊息。

「考慮好了，開放式關係，我可以。」

陽盛年立刻打來。「妳考慮清楚了？」

「嗯哼。」

「我希望妳想清楚，我不會為誰改變，就算交往順利，甚至好到要結婚，我也不會變。」

「聽起來你不信我辦得到？」

「我被騙怕了，不希望妳有期待，誤會妳能改變我。」

「放心，我不會。」她笑了，很得意地分享。「我試了，跟別人也很好，性跟愛果然可以分開。我真心覺得開放式關係很棒。」

他說得對，她身體力行，認證可行。

彼端沉默了。陽盛年驚愕著，但還有更令他驚悚的。

沈思齊又說：「說真的，我要謝謝你。你說得對，想想大家難得來世間一遭，又有這麼健康的身體，只因愛上誰，就再也不能跟別人擁抱，太可惜了，多辜負身體。」

她真誠分享心得，卻不知道陽盛年在彼端被嚇得不輕。所以呢？剛從他這兒回去，不到一星期，她已經睡過別人？感覺還很好？當他還在因為她離開而思念成狂，計畫快去找她，她竟——

陽盛年感覺像被捅一刀，又不能反擊。

而沈思齊還在為新體驗開心。「看來我挺適合這種關係，我們根本天生一對，早點相遇就好了。」

「唔。」他心不在焉地聽著。他訂的規則，她玩出樂趣了，他竟有股挫敗感。「雖然是開放式關係，但我們約定好，感情上必須專一。我會公開關係，也不想偷偷摸摸，妳同意？」

「行。」

「妳什麼時候還要來台東？」

「我只有週末有空。」

「我去找妳？」

「幹嘛？」

「男朋友找女朋友還能幹嘛？」

「到了聯絡我。」沈思齊笑了。「我收留你，讓你在我家過夜。」

陽盛年立刻將臉書個資從單身改成穩定交往中，深夜又打給沈思齊，提議臉書設定彼此互為交往關係。

「這麼快就要自斷後路？」自從醫院失火後，他的臉書收穫大批女粉絲。

「我想讓朋友知道，我跟多棒的女人交往。」

這話她愛聽，她也想讓所有人知道，陽盛年這帥氣傢伙已是自己的人。

一講完電話，沈思齊立刻打給戴美輪，將她從夢裡挖起。「妳去看陽盛年臉書，他設定跟我交往中。是他要求，可不是我逼的。」

「是哦？恭喜。」美輪打哈欠。

「改天陪我去跟月老還願。」

「好，順便懺悔之前是怎麼不屑，現在就要怎麼恭維。」

「是是是，辦一桌請祂行吧？」

美輪笑出來。「心情很好齁，這麼高興？」

「以為他花心，沒想到急著公開關係。我說你這是自斷後路，但他硬要公開，我有什麼辦法？妳知道為什麼嗎？」

「為什麼？」

「他說想讓朋友知道，他跟多優秀的女人交往。」說完，自己笑倒。妳就盡情高調吧！以上對話，轉譯成文字放臉書，就是姊妹共憤的炫耀文。但美輪想到自己也曾這樣摧殘過沈思齊，決定乖乖陪她歡。「好浪漫，他為妳瘋狂啊，連溫瀛和也愛慕妳，齁呦……沈思齊桃花真旺，真有魅力。」

沈思齊笑得更歡了。好姊妹，這反應正確！

美輪已參透她的腦迴路。這傢伙不撞南山不回頭，不見棺材不掉淚，勸她阻她只會激發她的挑戰欲，正解是鼓勵她激勵她催促她，就讓她直直撞上去。

美輪不看好開放式關係，但已做準備，就讓她去當一隻快樂的蛾，盡興撲火。神仙都要歷劫修煉，憑什麼做人可免？

—♡—

人在何時占有欲強烈？在不確定時。

一個獨立自主的人，魅力無敵。

陽盛年想霸占沈思齊，自己也迷糊了。很久沒這樣患得患失，甚至急於公開關係。明明愛自由，這是怎麼了？他被沈思齊的言行驚嚇，拾起他的遊戲規則，她玩出樂趣。

她，彷彿是另一個陽盛年。

他很矛盾，氣自己太迷她，迷到有些怕，怕她被其他男人追走。

月小柴見到這番驚人操作，也是讚嘆不已。愛情詭異離奇，不按常理，以為對愛人忠誠就能贏來專一，哪知有時離經叛道，反被深情對待。

「果然他們是絕配。」小柴跟九爺說：「沈思齊馴服陽盛年了。」

「我不知道沈醫生還會馴獸。」九爺坐在案前，閱覽一疊黃紙，全是人間上報的疏文。

小柴納悶。「好像有陣子沒看到關爺了。」廟堂變得好安靜，少了獅吼聲，不習慣。

九爺捲起疏文，敲他頭。

「小柴啊，你以為關爺很閒嗎？」

「關爺都在處理什麼任務？」小柴蹲在桌側，雙手巴著桌沿，眨著黑墨墨的眼睛問。

「唔……，」九爺抬頭，撫著下巴沉吟良久。「不好說。」

「為什麼不好說？」

「太恐怖，不好說。總之，你要慶幸沒派去他那裡實習。」

「恐怖？有多恐怖？」講得小柴更好奇了。

「總之人間律法懲治不了的，關爺會處理。那不是我們月老服務的範圍，你就別好奇了，管好自己。」

—♡—

沈思齊和陽盛年在臉書公開互為情侶，肖想他的女人們默默掃起破碎的心。沈思齊本就走路有風，這下簡直還帶上光。

但遠距戀愛不易。為了週末在一起，台東成為沈思齊的第二故鄉。她頻頻往返，有飛機時搭飛機，沒班機了搭火車，車沒了自己開車去。

美輪偶爾和沈思齊通電話，聊的也全是陽盛年。除了讚不絕口，她還強迫美輪看照片。

「看看他做的鋼筆，太有才了，上面有我的名字。」

「他是很優秀啦，但開放式關係真的沒問題？」

「我們見面只想膩在一起，哪還有心思跟別人好？還是因為遇到我？他就變成不開放關係？哈哈哈哈哈。」

沈思齊春風正得意，美輪只能陪著笑。她知道，愛情發生就像發神經，教人堅定相信，改變對方的人就是自己。

但這往往也是悲劇的開始。

她擔心沈思齊太樂觀，然而看來瘋的不只沈思齊，陽盛年也正發瘋。但願他能珍惜沈思齊。

她有些落寞，跟男友簡辛然抱怨。

「我的朋友沈思齊失蹤了。」現在來了個完全不認識、滿嘴戀愛經的女人。但不瘋魔又怎能算愛情？

簡辛然好笑。「妳不會是吃醋吧？」

「我還是喜歡沈醫師，這女的我不認識。」

豈止美輪不認識？沈思齊也不太認得自己。

像是蛻變成嶄新的人，戀愛順利身心滋潤，沈思齊變和藹了，連最討厭的崔靜英都不那麼可憎了。開車時，放的是陽盛年愛聽的歌；學弟妹搞烏龍，她好容易就忘記；心上人臉書舊到新看不厭，每一則都要點個讚。

他的來電秒回應，他的喜好列清單，說過的話烙心坎，對她做的種種在腦海反覆播放……陷入愛裡的沈思齊，一身傲骨還是被愛情敲打，身段變軟，被愛降服。

陽盛年也輸給愛情，霸氣盡消。一想到她就發訊息，情話信手拈來，肉麻當有趣；三不五時拍自己做的飯菜貼臉書不忘 Tag 她，搭配曖昧文放閃：

一個人吃好可憐。

底下刷一排羨慕嫉妒恨。沈思齊驕傲，面上有光。

有時，陽盛年做好飯菜，一時興起就搭飛機到台北，親送醫院給女友，惹得沈思齊同事們心酸眼紅。

這樣高調宣示主權，還輻射她四周，全是愛的粉紅泡泡。別人看著受不了，唯有當事人醒不來，不知他們這樣放閃多招人恨。

「剛打電話妳沒接，在刀房吧？我在海邊散步，很想妳。為什麼醫生那麼忙？要是每天醒來就看到妳，該有多好。」

一連動完兩台緊急手術，沈思齊下午四點才吃第一口飯，便當都冷了。但這會兒看見男友訊息，冷飯菜也好吃。

她笑著，連回九個飛吻圖，扒幾口飯菜，看完病歷又趕緊去忙。途經病房，裡面傳來老人淒厲嚎叫。「老婆！老婆啊！」

沈思齊衝進病房。同事正在宣告死亡時間，病床上的老婆婆已斷氣，但見白髮蒼蒼的老爺爺哭癱在地，崩潰嚎嚷。「不可以……我不要，拜託救她……老婆啊，老婆不要丟下我啊……！」

老人家哭癱了，沈思齊趕緊安撫，怕他休克。

在醫院見多了死亡，但這次不同，老先生的悲傷特別觸動她。

生命無常，人生苦短，認真工作有意思嗎？還是自私點，陪伴相愛的人更重要？趁著陽光明媚，身體健康，她衝動跟同事換班，明日放假找男友去。

她忙至深夜，交接完工作就出發。

想到陽盛年一早醒來看見她，會有多驚喜，她一路笑著。情難自禁，就身不由己只想往前奔，孤身駕車馳過黑暗公路也不知道怕。

愛有魔力，她不理智。沈思齊知道，但就像著魔，對他上癮。灌了數杯咖啡，憑著刀房練出的毅力，隔天早上七點抵達他住處。

按下門鈴，她雀躍地搓著凍僵的手，興奮地等著撲進愛人的懷抱。

但……大門緊閉沒回應。睡這麼熟？沈思齊繞到屋後，透過窗戶窺看。民宿房間空著，沒客人啊？他不在？她打給他。

「你不在家？」

「在朋友那裡，我們要去衝浪。」

「離你家遠嗎？」那邊有笑鬧聲，似乎很多人。

「不遠，我們要出發了。怎麼了？」

「我在你家外面。」

他聽了驚喜，衝回來抱她，理當如此……。

但彼端沉默了。

那該死的沉默教她心緊。

終於，他開口了。「妳沒說要來。」

比冷風更刺骨的，是愛人寒心的話語。沈思齊僵在原地。

對，我沒講。但你不是說你想我？希望醒來就看到我？質問的話，硬生生吞回去，因為一頭熱的是自己。

「妳怎麼來的？」他又問：「該不會是熬夜開車下來的吧？拜託妳不要這麼瘋喔！」

「跟同事來的，她拜訪這邊醫院院長，順便載我。」她說了謊，感覺另一端的他鬆了口氣。

「哦，現在浪正好，我們打算去衝個過癮。」那邊有人催促，他壓低聲音。「妳會待到幾點？我今天可能沒空見妳——」

「沒關係，你忙。」

「好，我過去了。親愛的，晚點打給妳，掰。」

他掛了電話，毫無懸念。喊她親愛的，像早餐店阿姨喊顧客美女般隨興。

他沒做錯事，但沈思齊卻愣了。寒風颳痛竹葉林，沙沙聲響像在笑她。明明昨日吵著想她，今天有朋友，她不重要了。

颳來的是冷風，身側的桑樹卻熱烈搖蕩。

沈思齊撫觸柔潤的葉，眼眶紅了。

不久前，他曾摘取桑葉，為了沖一壺熱茶暖她。現在呢？她連夜開車趕來，得到只有刺骨的冷。

他隨心所欲的示好，我卻認真感動得要死。

疲倦湧上，訂了民宿，她住進陌生房間，反胃想吐。搞到這樣狼狽，要怪誰？玩什麼幼稚驚喜？自作孽。這根本不是她的作風，活該被打臉。

沈思齊蜷縮自己，心情複雜，看窗簾飄蕩陽光一瞬又一瞬，閃痛眼睛。

她想到那個因為老婆去世就哭癱的老人。

如果是我們，能走到垂垂老矣嗎？如果是陽盛年，會為了我不在，哭到癱軟嗎？

不，他不會，他總是活在當下。

沈思齊不願哭，但忍不了；又氣自己像過去她看不起的女人，因為被男友忽視就委屈地哭。哪怕在這樣沮喪時，她還是不忍苛責他，只想為他找理由。不怪他，他沒錯，這就是陽盛年。

都勸人活在當下，但真的愛上活在當下的人，活得了嗎？他只是盡情表露當下的感受，被影響的人該自己負責。

「妳怎麼來的？該不會是熬夜開車下來的吧？拜託妳不要這麼瘋喔！」

最傷她的是這一句。什麼意思？這樣就嚇到你了？

沈思齊很累，但睡不著，於是發訊息告訴陽盛年她跟朋友回去了。她找代駕載她回家，花光體力，損傷荷包，心力憔悴。勞民傷財，這就是為愛瘋狂的代價。

她太沮喪，回家倒頭就睡，夢見跟陽盛年乘船出遊，在甲板笑鬧追逐。一陣惡風，天色驟變，黑暗閃電，巨浪襲來。她失足落海，苦苦掙扎，伸手向他呼救，他卻站在船上，冷眼旁觀。終於，她放棄呼救，不斷墜落……。

是我愛錯了嗎？

一陣刺耳聲響，驚醒了沈思齊。門鈴在響，她去開門。

「Surprise！」那個害她傷心的傢伙，早上六點，拎著餐袋現身了，亮著一口白牙對她笑。「開整晚的車累死，外面超冷。妳看，我做了早餐來，讓妳帶去醫院吃。幹嘛？還不抱一個？」

他張臂等待，沈思齊猶豫著，眼眶熱，心酸楚。除了感動，還有種別的在心中發酵，某種她說不清楚的什麼梗在胸口。

但她選擇忽視，上前緊緊擁抱他。

這個胸膛很暖，但也可能隨時就冷。

可是……真的相愛的話，就不要小鼻子小眼睛計較了，對吧？沈思齊安撫自己。

光陰似箭，人應把握相愛的當下。

陽盛年何嘗不是如此？

拜東北季風所賜，冬天是衝浪好時機，會帶來許多好浪。他跟朋友計畫衝浪，她卻忽然來了。他表現冷淡，其實忐忑，想去見她，又不甘心。不甘為她改變行程，而她突襲到訪，也令他有些不爽。

他曾被愛碾壓，對自己發過誓，今後拒絕被愛奴役，再不讓任何人綁架或左右自己。然而當他狠心不理，繼續行程，深夜回家又後悔了，睡不著，反覆問自己：我是不是太狠了？

感覺自己的反應有些超過，所以又風塵僕僕地趕來。

多矛盾啊，愛是這樣在拉扯他們，想做自己又想體貼對方，拿捏不好，就亂了分寸。

曖昧的吸引多快樂，然而真正的了解卻需要時間。在反覆拉扯與探索後，是義無反顧地擁抱彼此，或者彼此終將遍體鱗傷，由愛生恨？

愛的迷藏，除了走進去闖蕩，才知結局。

月老箴言

013

平

曖昧的吸引多快樂，
真正的了解卻需要時間。
反覆拉扯與探索後，
是義無反顧地彼此擁抱，
或者終將遍體鱗傷，由愛生恨？

05

花兒越開越少，樹梢綠葉漸凋零。晝短夜長，動物冬眠，昆蟲潛入地底。今年是「暖冬」，沈思齊自以為的。

因為有戀人，她沉醉愛河，自成溫暖世界，哪怕屋外寒風凜冽，有情人傍身，耳鬢廝磨，聊什麼都好快樂。

陽盛年也是，開始覺得一個人的自由，輸給兩個人的歡樂。他愛跟沈思齊抬槓，不管聊什麼，她都不會神經兮兮情緒化。常常他們只是躺在床上閒聊，可以聊到天亮還不睡。

「妳們女人常抱怨遇到渣男，但我們男人也常遇到假女啊？我們被騙要找誰哭？只能吞了。」他聊起過去被罵渣男的委屈。

「假女？什麼假女？」

他忿忿不平。「假髮假雙眼皮、假胸假睫毛、假賢慧假大器！」

沈思齊大笑。「到底多氣，這麼誇張？」

「女人詐騙男人可厲害了，不輸詐騙集團。眼珠小可以裝個東西變大眼睛。年紀大可裝小變十七，我們男人很難分辨，真的很容易被騙。交往前，什麼都談妥，喔，什麼我尊重你想法，我尊重你個人空間，我最不喜歡掌控別人……可一等到真的交往，原形畢露。說要尊重你個人空間，但鑰匙請備分給我，不然你就是不愛我；說不愛掌控別人，交往後查手機查 Line 查你臉書朋友裝定位，什麼花招都有。」

沈思齊笑到不行。「你到底跟什麼人戀愛？我懷疑是你有問題。」

「我說的不是我，是男人的心聲。這還沒完，外表詐騙就算了，最恐怖是連價值觀都詐騙。說好不愛計較才交往，在一起後斤斤計較。說好不婚不孕，交往後搞小動作，給你偷懷孩子逼你負責快結婚。說好互相尊重，交往後卯起來跟你家人朋友大搞關係，到最後你只能對她服從，因為連你家人朋友都站她那邊。如果我們男人受不了想分手，又被批是騙炮仔啊渣男啊射後不理啊；然後只要對方一哭二鬧三上吊，我們就社會性死亡……我說的不是我。我多少好兄弟們栽在女人手裡，男人真是有苦說不出。」

這麼多牢騷？沈思齊眼界大開。「你講得我都快要同情你們了。」

「可不是嗎？男人不容易啊。」

「幹嘛？是不是講到自己都想哭？」

「我也可憐，所以老天派妳來補償我，妳和那些女人不一樣。」

「哪裡不一樣？」

「我沒遇過像妳這樣理性感性兼具，聰明又熱情，當我對女人絕望了，妳拯救我。」他故意表情誇張地說，逗得她直笑。

「我其實也可以講到天亮，讓你知道我們女人多不容易，你們男人並不無辜，但今天算了。」誰叫他迷湯灌得好。沈思齊親密地掐一下他臉龐。「你才不可憐，一定是你對女人太刻薄了，老天派我來降你。我委屈沒關係，我替天行道。」

「妳不委屈，妳想想，我憑什麼讓妳喜歡？憑我條件好。」

「是，你厲害，那麼請問年假我們要去的地方計畫好了嗎？你要跟我說，我好提前做準備……。」

熱戀教大人變孩子，一被愛情網住，躲在網裡的戀人，情話綿綿不絕。

—♡—

早晨的醫院辦公室內，徹夜值班的李醫師雙眼滿滿血絲，捧著超商便當，椅子滑近王醫生，跟她靠么七床那個堅持不開刀又要醫生救她的阿婆。

「啊我是會隔空動手術逆！」

「吼你不要唸啦！會干擾我。」王醫生剛縫好一條雞的氣管，正要打入碘酒，確認不滲出。她被教授罵慘，得努力勤練縫合術。

在他們後面的角落，沈思齊站在桌旁，跟學弟劉駿威研究跳樓少女邱玉潔的片子。

「妳看，血塊清得很乾淨，顱底的骨折碎片取出後，腦膜破洞癒合很好，腦脊髓液也沒再外流——」

「嗯，復原得很好，辛苦你了。」

「辛苦什麼，又不是我動的手術。」

「我看再觀察幾天，她就可以出院了。」

「很難喔，她媽在單人病房住上癮了。欸，她真的很讓人抓狂，要求住單人病房就算了，還在裡面抽菸；誰去勸，就被用三字經罵，有夠沒品，檳榔渣還亂吐。要不到賠償金就變相占病房，有夠扯！」

「玉潔的男朋友有來嗎？」

「一次也沒有，我猜她應該也去鬧過。妳知道她多誇張？找一堆人在裡面打麻將，欸，女兒是病人要靜養，怎麼有人這樣當媽？我看她是不會讓女兒出院的，她把醫院當飯店住，有人打掃有免費水電，床單被套都有人洗，她幹嘛出院？」

「我不方便去看她，拜託你了。」沈思齊安慰地拍拍他肩膀。

「邱玉潔知道妳被她媽罵，還一直跟我問起妳，怕妳被牽累。這孩子內向，但很懂事，可惜有那種媽媽。」

「如果她再問我，你就勸她放心顧好自己，告訴她我很好。」

「我會這樣告訴她……放心，沈醫生熱戀中，滿面春風，過得很滋潤。」

「不准這麼說。」

「為什麼？我看你們進展很順啊，都會特地搭飛機給妳送便當了。」

「劉駿威，腦子要動，她是失戀跳樓，你跟她說我正在熱戀、滿面春風，合適嗎？」

「好像不合適。」劉駿威呵呵笑，還是沈思齊聰明。

沈思齊拉開抽屜給他一盒麻糬。「別說學姊沒照顧你。」

「陳記麻糬？台東名產欸，可是我更想吃楊記地瓜酥——」沈思齊作勢抽回。他忙搶。「我要的，謝啦！」

和學弟聊完，沈思齊到護理站交代事情，見護理師們圍看手機，興奮討論著：「是那間陽光民宿沒錯吧？沈醫師男友那間？」

「對，崔醫師打卡的就是他民宿。」

「她跑去那裡度假？」

有人注意到沈思齊，立刻噤聲。沈思齊裝作沒聽見，和護理師討論完事情。她回到休息室，拿出手機，檢視崔靜英臉書。

這女人從前日開始放年假，最新貼文是一張星空照。

原來「觀星」，這麼浪漫❤❤❤

文字曖昧，附上紅愛心。

沈思齊打給陽盛年，他沒接。

晚上，有一場腦科醫生的研討會。沈思齊上臺分享醫案，口條分明闡述精彩，獲得如雷掌聲。會後，她到停車場取車，忽然呆怔，想不起把車停哪裡？只好逐層找車。

累極返家，停妥汽車，關上車門。同時，意識到車鑰匙在裡面。只好緊急聯絡鎖匠，到家已凌晨。

陽盛年一直沒回電，只來訊息。

「忙到現在才休息，太晚就不吵妳了，晚安，好夢。」

忙什麼？

沈思齊呆坐在床，瞪著訊息，打了回覆又刪掉，按通話又關掉。

不要問，是自己同意開放式關係的。但，如果是他跟崔靜英……？

別想了，不會的，陽盛年沒那麼膚淺。崔靜英只是個漂亮花瓶，他不可能跟她……。

—♡—

翌日，崔靜英銷假上班，神清氣爽，到處派發伴手禮。這天，沈思齊發現大家看她的表情都怪怪的，像好奇又像憐憫。

以為她會崩潰？不會，她沒事。一覺醒來好多了，她已調整好心情。陽盛年早上來電，他們一樣親密聊天，約定週末見。她什麼也沒問，表現得明理大氣，她甚至都要為自己鼓掌了。這定力和氣度，也就只有我沈思齊辦得到。她才不會讓姓崔的影響自己。

中午在餐廳，她們遇上了。

沈思齊看見崔靜英脖子有一抹紅，形似吻痕，這才知道為什麼同事看自己的表情古怪。又看見她的白袍口袋插著木筆。彷彿被誰一下剜走心臟，沈思齊怔住。

崔靜英經過時，給了她一個輕蔑的笑，像個勝利者。那殘留的香水味，令她作嘔。

沈思齊全身僵硬，腦子也亂哄哄的。為什麼有吻痕？為什麼有木筆？它也有太陽圖騰嗎？也雕刻她名字嗎？如果有，陽盛年，你就他媽的太過分。

有一種瘋，是明知自己在瘋卻控制不了。沈思齊知道自己失控，還是忍不住想窺探真相，一有機會就徘徊在崔靜英附近，想看清楚那支筆。

當她發現崔靜英將白袍脫下，掛在椅背離開時，趁著無人，她跑過去拔出那支筆檢視。

她緊張得手抖……沒有。沒太陽圖騰，它甚至不是鋼筆，只是普通的壓克力木紋原子筆。

沈思齊鬆口氣，同時恍惚了。我在發什麼瘋？瘋到眼睛失常看錯？握著筆，有一瞬間，不知人在哪裡。

「要借筆嗎？」有人在背後問。沈思齊轉身，崔靜英微笑著。「怎麼了？

氣色不太好喔？」

她溫柔的嗓音今天聽來特別賤，頸間吻痕像血漬，紅得很狂。

沈思齊握緊拳頭，指甲掐進肉裡，腦中全是陽盛年親暱吻她……。

沈思齊一向反應機敏，但這會兒瞪著崔靜英，竟一句話都說不了。崔靜英拉開抽屜，拿出罐子。「我帶桑葉茶回來，用新鮮桑葉炒的，跟妳分享？」見她不吭聲。「不要？還是……蛋糕？妳男友廚藝真好，連蛋糕都會做，我帶一些回來跟大家分……沈思齊？」

沈思齊走了，走後才發現，她把那支筆也帶走，還握在手裡。那支筆像刀刺激她，提醒她，她鬧了笑話好像小丑，還是在最鄙視的人面前。

她奔進洗手間洗了把臉，要自己冷靜。

別這樣，沈思齊，穩住。等會兒還有兩台刀要處理，別亂——

鏗。

筆砸向牆，滾落在地，滑至牆角。沈思齊喘喘地抹去臉面的水漬，看著鏡中盛怒的人，像個傻瓜。

她彎身拾筆，只覺得髒。

一上刀台就要好幾小時，有時甚至高達十幾小時。專注手術會忘記時間，執刀要輕巧精準，極度高壓，忘了餓渴甚至不上廁所，直到手術完成，虛脫癱軟，才知體力早已透支。

工作就是這麼煎熬，但這是沈思齊習慣的日常，只是今天這台刀，才剛進行，她已疲累不堪。

透過儀器，瞪著豆腐般柔軟的大腦，她操控尖刃欲剜除腦瘤，可思緒不受控制……。

沒關係，他沒送她鋼筆，他愛的只有我，就算赤裸裸抱一起，也是崔靜英倒貼，他愛的是我……但，他也會讓她枕著胸膛睡嗎？也會牽她的手散步嗎？

冷汗淌落，護理師頻替沈思齊拭汗。手術因分心，中途引發危機，幸好勉強完成。

沈思齊起身，忽然站不穩，扶住刀台。

「沈醫生？」團隊擔心。

負責麻醉的崔靜英涼涼地道：「沈醫生今天狀況不好喔，你們要扶好她，小心點。」

沈思齊推開護理師。「我沒事。」

「老師，等一下那台刀……？」

「我可以。」

稍作休息，站上另一刀台，沈思齊專注地分離腫瘤，病人忽然眼皮震顫。「病人醒了！」沈思齊喊。「加麻！崔靜英？加麻！」

崔靜英過來關切，忽然摟住她肩膀，附在她耳邊說：「妳技術不好，幹嘛賴我？」

刀台劇震，病人癲癇了，猛烈抽搐，儀器鳴叫，團隊慌亂。

「老師？老師？快！」

沈思齊愣著，看大家亂成一團，全對她嚷嚷，衝著她吼：「病人ＯＨＣＡ了！沈思齊？病人ＯＨＣＡ，妳在幹嘛?!」

我在幹嘛？

猛然驚醒，沈思齊喘著。這是夢？沒事，手術早已結束。她大口喘氣，渾身是汗，怔在休息室的單人床上。等眼睛適應黑暗，才發現被褥有血，嘴唇也濕著。她流鼻血了，趕快抽衛生紙擦拭。

手機震著，陽盛年打來，她沒接。

噩夢太寫實，她還在後怕。恐懼如噬人野獸，她頭一回被這野獸咬住，表面完好，但只有自己知道，心被撕爛。

這頭野獸，竟是由美麗的愛情變化而成。牠親吻她，現在也撕咬她。她聞到鐵鏽，是血的腥味。

愛情很腥。

沈思齊抱膝，團在床頭。手機一直震，終於停止，Line跳出訊息。

我想妳了。

是陽盛年。

沈思齊猛地掩面痛哭，崩潰了。太折磨了，她一直想到那個吻痕，是不是他烙下的？而她連問都不敢，幾時變這樣懦弱？

置身黑暗，她第一次知道怕，第一次對自己失去信心，哭到不能自已。當你像風一樣自由，我最終歡喜擁抱到的，也只是虛無。你的想我，沒有意義。在我最恐懼無助時，風不能擁抱我，不能接住墜落的我。

沈思齊發現她搞錯了，她其實不夠強大，因為她會怕，怕崔靜英訕笑，怕手術失常害死人。

人會出醜，都因為強求。她真能應付這種關係？當她體驗到真正的孤單，就是和自己最親密的人，擁抱自己的敵人之時。

窗戶流進淡藍光，夜幕低垂，門縫底，滲入走廊白色光影。外面有人不時經過，隱約傳來人們的交談聲。屋外，響起垃圾車音樂。世界如常運轉，不因她痛苦而暫停，不給她時間好好消化悲傷。

她太沮喪，沮喪到不知怎麼列清單，該進行哪些步驟才能恢復正常，怎麼擬定計畫超越困境。這不是靠她自己就能掌握的局面。

陽盛年所謂的開放式關係，應該要有底線，至少不能是她職場裡最討厭的人。這會讓她失常。

正當沈思齊傷心欲絕，屋外一聲巨響，頓時內外騷動起來。

「有人跳樓！」樓下傳來人們的尖叫吶喊，救護車鳴笛。沈思齊探向窗外，見樓下群眾圍著傷者，是對面民宅發生事故。

她手機震動，護理長打來。「邱玉潔跳樓了！」

沈思齊寒毛豎起，衝出休息室，但已回天乏術。

就在剛剛，像是個預知夢，當沈思齊被噩夢困住時，十七歲的邱玉潔趁媽媽酒醉睡去，悄悄溜出醫院，走進對面大樓，從樓頂一躍而下，毫無眷戀地告別這世界。

一張紙條，輾轉來到沈思齊手中，是少女留給她的。只有一行字，字跡淺淺，字體清秀。

沈醫生，對不起。但是，有這樣的媽媽，太丟臉了。

握緊紙條，沈思齊背靠牆，沒了力氣。醫術精湛，卻救不回一心求死的。她吝於關心，只負責救人，不負責心理輔導。

她沒怪過少女，但她在醫院的處境想必尷尬。

沈思齊自負，吝於同情弱者，但她可能真觸怒什麼，不僅在愛裡慘摔，連不顧一切救下的孩子也沒守住。

此刻明明靠牆站著，卻覺得腳下是無底深淵，她也在墜落，正在摔個粉碎。她腦中混亂，也不知該怎麼救自己。

原來，那些看似為情所困、不願活著的笨蛋們，也許，將他們置之死地的，還有更多複雜因素。當她嘲笑那些為情自殺的人太笨，可能要先理解一件事——正因為是缺愛的可憐人，才越是會因為愛不得就活不下去。

每一條活下去的性命，都可貴。

每一個活不下去的人，也都情有可原。

沈思齊陷入低潮，在週五深夜，收拾行李，前往台東。

要跟男友見面了，但這次她心情沉重。她想著要跟陽盛年商量，找出大家都能接受的方式，拯救這份瀕危的愛。

清早，車子駛進停車場。陽盛年早已等在屋外。他奔下小徑，給她擁抱，扛了行李，牽她進屋。

屋內有熱茶，有豐盛早餐，一如過去幾週的溫馨氣氛。但今天，這些都沒法教沈思齊快樂。她稍做梳洗，和他吃早餐，心事重重，斟酌著該如何開口。

這幾天列了清單，想問的、要調整的，都釐好了，只要他願意。但……開口太難，因為很傷自尊。

你跟崔靜英睡了嗎？如果睡了是在哪間房？你的房間？我住的民宿房間？我不喜歡。如果我們要繼續交往，你可不可以……？

「現在還很冷，晚一點我們再去散步。」陽盛年熱情如常。「我幫妳買了一雙登山鞋，妳看看，穿這個爬山比較舒服，試試。」

他殷勤地蹲在她腳邊，幫穿鞋、繫鞋帶。看著他的溫柔舉動，沈思齊卻難以感動。

在我看不見的時候，你也溫柔地牽起別人的手，擁抱別人？即使是我最討厭的人？沈思齊眼眶紅了。

「你們睡了嗎？」終於她問了。

陽盛年怔住，停下手勢，沉默幾秒才抬頭看她，臉色不悅。方才還熱著的目光驟然冷了。

「我以為我們說好了，不過問彼此跟別人——」

「所以睡了？」

「沈思齊。」拉椅子過來放她面前，他坐下，與她對峙。「妳確定，要浪費好不容易相聚的時間討論沒意義的事？」

「對，因為對我很重要。我不是要你放棄原則，但只有崔靜英不行。我們在同一家醫院，還處得很不好，彼此都討厭對方。你跟她睡會嚴重干擾我。我是醫生，工作需要高度專心，不能因為你分心——」

「因為我？這是我的問題?!」像踩到他的地雷，陽盛年猛地起身。「一開始就說好是開放式，妳不行就明講，為什麼現在又跟我計較？妳覺得不舒服是我造成的？難道不是妳自己應該克服？」

「沒錯，但你是我男朋友，我希望你能站我這邊，別讓醫院的人笑話我。你跟其他人我無所謂，但她不行。」

「那再過幾年呢？會不會又跟我說，就只有誰或誰不行。沈思齊，我對妳好，但妳別得寸進尺。」

沈思齊震住了。難得自曝弱點，把自尊踩在腳下，他不讓步，還奚落她？在她經歷那樣悲慘的一週之後？在信心崩潰最需要安慰之時？強忍快奪眶的淚，沈思齊試著緩和氣氛。

「我沒有怪你，但你也說了，性跟愛不同。既然跟別人只是肉體關係，難道不能為了我別和崔靜英……？」

「不能。」

沈思齊愣住。她沉默了片刻，苦澀地說：「崔靜英這麼有魅力，讓你這樣捨不得？」

「跟她無關！」他氣惱。「沈思齊，妳要講道理。別以為我喜歡妳，妳就產生錯覺，以為我會為妳改變？我說過，我不會！」

「好，你不用改變。如果你還想跟那女人上床，我們分手。」

陽盛年震住，不敢相信，隨即怒捶桌面，嚇到沈思齊。他氣炸。為何又是這局面？他努力平靜但沒辦法，感覺又一次被騙。

他走過來，指著她：「我以為妳跟那些女人不同，我信了！我投入感情了！結果呢？分手？好，妳狠，妳玩我的是吧?!」

「陽盛年！」沈思齊站起來，握住他手臂。「我也一樣認真，我也投入我的感情——」

「投個屁！別忘了，跟我上床沒幾天妳就約了別人，我起碼撐得比妳久！要不是妳放這麼開，我也許還不會跟崔靜英睡。那時，妳跟我說妳和別人上床，妳以為我好受？我也很難受，但我自己消化了。妳呢？妳辦不到就要我遷就？憑什麼？難道在愛裡大家就可以不講理？搞得像我對不起妳？妳這就是在玩我！」

原來他介意？沈思齊駭住。所以，因為介意，他就跟崔靜英上床？為了跟我示威？他知不知道自己在說什麼？她都不知該哭還是笑了，太荒謬。

「陽盛年，你不用這麼激動。我是來跟你談戀愛，不是結仇的，但你說得對，受教了。」

「沈思齊——」

「這樣吧？我這個人膚淺又自私，你說得都對，我們分手吧！」她拉了行李轉身便走。

「沈思齊？沈思齊！」他抓住她的手，被她怒地摔開。他只好擋在門口。「別走。」

這是幹嘛？一下耍流氓，一下演情聖？

沈思齊怒瞪他。「我就問，如果所有問題都靠自己消化，那我們和砲友有什麼不同？你告訴我啊！」就你最會講？她氣到伶牙俐齒都回來了。「有事不能商量嗎？我是你女朋友，但是見面就只能吃喝玩樂上床睡覺？只能說你好棒我好快樂？我不能說我難過，也不能弱？」太令人心寒。「陽盛年，你是開放式關係，還是打砲關係？或是連你自己都不懂這算哪一種關係?!」

陽盛年被懟得說不出話。她又說：「不是每個女人都想情勒你，而是你根本吝嗇關心，害怕付出愛！既然這樣，當初又何必唱高調，講什麼自私無私的真愛？」怒而推開他，沈思齊走下小徑。

陽盛年回過神，追下去，見她拉開車門，行李扔進去。她真要分手？

沈思齊坐進駕駛座，關上車門，被他擋住。

「妳下來，我們還沒講完。」

「講完了。」她推開他。「放在我家的東西，我再寄給你。」

「我答應妳。」他慌了，急切地說：「好，就照妳要求的，不跟崔靜英睡行了吧？高興了？」

高興了？不，不高興。看他焦急，沈思齊心痛不已。

他如此英俊迷人，她生命中第一個男人啊，教會她愛情滋潤，但也殘酷。她愛他，但累了。她從沒這麼低姿態過，為他，一直盡力說服自己，但這回真沒辦法勸自己看開。

因為愛情閉上的眼睛，這一刻被淚水迫得睜開了。她看清楚他了，看清楚真實的陽盛年，就是個膽小鬼。

「陽盛年，這種莫名其妙的關係，我……不要了。」沈思齊發動汽車駛離，眼淚淌落。

我不要了。即使是生命中第一個男人。

我不要了。你痛恨被動搖，但難道我不是？在愛裡，怎麼計算誰占便宜？

你愛我，我愛你，大家心甘情願，有商有量，不是嗎？

而他，比她好勝，還更要面子，更怕輸。

他們相似，像兩根尖刺，刺激彼此，也刺傷彼此。

我以為我們相愛，這麼要好，應該可以互相支持，彼此體諒。我怎能相信曾熱烈吻我的你，說出這些荒唐的話？什麼我太快跟別人上床你不爽？所以你也要快點跟崔靜英搞？這就是你當初說的，離真愛更近的開放式關係，最不自私的關係？

狗屎。

沈思齊又哭又笑，感覺爛透了。真的太累，熱烈又瘋狂的愛，像龍捲風把她抛高高，樂得像會飛，現在卻重重摔下她。

在日本有一種說法。有的男人本來像白馬王子，但因某個動作或說了什麼，就瞬間「蛙化」，讓喜歡他的女子瞬間冷掉。

對沈思齊而言，這……就是陽盛年蛙化的瞬間。

開放式關係果然刺激，刺激到互相揣測，保證不無聊。但，同時也犧牲掉信任帶來的安全感。

理解這個代價的同時，沈思齊也明白了，她不要這種關係。

她感到虛脫，開進加油站，加滿油箱，停在樹下休息一陣，才打起精神開回台北。

回家的路太遠太孤單，但她不回頭。此刻，隨便一首歌都能惹她哭，但眼淚會洗淨眼睛，放棄能喚醒理智。

從天亮開車至夜黑，她筋疲力盡抵達台北。這時，孤身在家只會更沮喪。她打開手機想約美輪，又猶豫了。她不想說話，只想靜靜待著。

她知道去哪裡，可以喝一杯溫暖的咖啡。

—♡—

走進咖啡館，沈思齊在老位置坐下，熟識的女店員過來招呼。

「沈醫生，好久沒看到妳。」沈思齊往金色烘豆機看去，溫瀛和常坐在那裡烘豆。但，那裡正空著。

女店員會意。「我們店長沒做了喔。」

「為什麼？」

「被老闆開除了。」

「怎麼可能？他工作那麼認真……。」

「店長之前跟客人吵架。」

「溫瀛和？」那個溫吞又弱的傢伙？

「很難相信齁，吵架就算了，還拒絕老闆的要求，不肯道歉。」

這什麼情況？沈思齊震驚。但，還有更驚駭的，店員神祕兮兮地附在她耳邊說：「吵架是因為妳喔。前幾天，妳們醫院的同事有來喝咖啡，她們……。」

那時，崔靜英跟醫院同事來喝咖啡，得意洋洋地大聊沈思齊私事。

「別看沈思齊一副聰明樣，談戀愛真的是不行。那男的是跟她玩玩的，她還樂得跟什麼似的。我不過去了她男友的民宿住幾天，她見到我就像要殺了我，好好笑。」

「誰叫妳脖子種草莓回來。」

「呵，這個啊……。」崔靜英曖昧地笑，沒告訴同事「草莓」的來歷。她是跟陽盛年上床，但除了性，沒別的了。他也明確告訴她，感情對象只會是沈思齊。

然而在銷假上班前，她在脖子上硬掐出紅印，故意氣沈思齊。誰教她在職場給她難看，她就在情場讓她難堪！

「我也覺得沈思齊最近很失常，週二那台刀差點搞砸了。」

「唉，我其實蠻可憐她的。火災那時為了邱玉潔還跟我鬧，結果人還不是死了？」說完，她又加碼爆料。「妳們知道嗎？陽盛年跟我說，他跟沈思齊是開放式關係，所以他要跟我或妳或誰睡都可以。」

一群女人驚呼。「她那麼驕傲，怎麼可能？我不信。」

「所以沈思齊也可以跟別人？」

「還以為她對男人沒興趣，想不到一戀愛竟然倒貼成這樣？」

「妳們這才知道喔？所以別看她跩兮兮的。」崔靜英得意地撥弄頭髮，晃著長腿。「會開刀有什麼用？被玩了都不知道，還整天樂得跟小鳥似的，我看著很心疼。」

當時，溫瀛和在鄰桌整理桌面，聽她們將沈思齊說得很不堪，甚至高聲揶揄，他氣炸，抹布摔在她們桌面，罵崔靜英：「妳說夠了沒？沈醫生比妳們好太多了。」

於是溫瀛和被客訴，老闆大怒。然而一向溫順的他，這會兒誰勸也沒用，拒絕跟客人道歉。老闆要他不道歉就滾，他滾了，寧滾不屈。

發生這種事，他卻沒跟沈思齊說。

搞什麼！她氣炸，踅返車上，打給溫瀛和。電話一接通，她劈頭就問：「在哪裡？」

「沈思齊？」他好興奮。

「問你在哪裡？」

「在家啊。怎麼了？」

「地址發給我，先這樣。」結束通話，她直接殺到他家。

溫瀛和開門，看著氣喘吁吁的沈思齊。

「歡迎歡迎，快進來。」笑呵呵遞上拖鞋。

「我不進去。」沈思齊氣到打掉拖鞋。「我明明把你腦子治好了，你怎麼還這麼蠢？幹嘛為我搞到被開除？」

「她跟別人亂說妳的事。」

「那也不用你幫我出頭，干你屁事，我不 Care，他們不重要！」

「但妳對我很重要啊！」

沈思齊瞪他，他還笑，害她又氣又……有點內疚。「你應該告訴我的。」

「為什麼？」溫瀛和不知道她有什麼好氣的。「跟妳又沒關係。」

「什麼叫沒關係？我們都——」等等，更正。「你為了我工作都丟了，起碼要讓我知道吧？」

「妳不用覺得有責任，而且妳也說了，不要糾纏妳。」

是，她確實聲明過，結果這傢伙執行得真他媽的徹底。「就因為你為我做什麼，我都不會知道，這樣你還為我去罵人幹嘛？沒必要。」

「那不行，誰欺負妳，就是我溫瀛和的敵人。」他堅定地道。沈思齊一陣心緊，眼眶紅了。

她被這話擊中，緊抿嘴，不說話。她好強，怕眼淚掉下。

注意到她的異狀，溫瀛和沒問她怎麼了。長年在咖啡館工作，他深懂察言觀色。他感覺沈思齊今天狀況不太好，只輕聲問：「要不要進來再說，外面冷。」他將大門推得更開些。

沈思齊看見他家就震住了。

裡面，正對她的牆被巨幅海報占滿，是燦爛星空圖。

沈思齊恍惚地走進去，怔在他家客廳。一間小套房，乾淨整潔，落地窗前一架望遠鏡。左側書架，擺滿天文書籍，桌上放著天文模型。沈思齊走近，被它吸引。

「妳可以轉動它，這是八大行星跟太陽和月亮……。」溫瀛和在她背後解釋。「我喜歡研究星象。可惜今天下雨，不然就可以讓妳用望遠鏡看星星。」

他又尷尬地說：「對不起，我地方小，要讓妳坐地上。我去拿墊子。妳要不要喝咖啡？吃過沒有？要不要弄什麼給妳吃？」

「都可以。」她說，沒轉身，因為眼睛起霧，淚在洶湧。

以為星星遠在天邊，哪知近在身邊。她對這男人的了解太少——不，該說她根本從未認真看他，嫌他平凡。

但為什麼，此刻，站在這裡，竟暖得她掉淚？

月老箴言

014

吉

因為愛而閉上的眼睛，
終究會被淚水迫得睜開。
但眼淚會洗淨眼睛，
放棄會喚醒理智。

06

雨聲淅瀝瀝，矮桌上的火鍋滾滾沸騰，冒著煙氣。他們圍坐在桌子兩側，聊了許多。

沈思齊問他，喜歡她那麼久，最後她還是不感動，不覺得很浪費生命？

「浪費什麼？妳不喜歡我，我還是照過我的生活。」他還是那抹淡淡的笑。「而且除了工作，還有喜歡的星象可以研究，還有爺爺奶奶需要我關心。反正，我看得很開。喜歡的人如果喜歡我，是驚喜；如果不喜歡我，也很正常，畢竟我這麼普通。」他無所謂地笑著，幫她空掉的杯子滿上熱茶。

普通的倒茶手勢，他熟練到可以自高處傾斜，注入茶杯，一滴不漏。沈思齊看著，像領悟了什麼——

不，你一點也不普通。

沈思齊慚愧。她自認聰明，拒絕浪費光陰，面對人事物，喜歡速戰速決，討厭慢慢探索；對溫瀛和沒感覺就立刻判出局，對陽盛年心動就立刻去擁抱，然而……她不知道也有像溫瀛和這樣的人，需要慢下來相處，才發現他曖曖內含光。

他像靜靜河流，慢慢過他的小日子。有驚喜他開心，沒驚喜也安然。他的定力，來自深根所在處的自得自樂，有也好，無也可。他不慌不忙活著，難怪就算被她拒絕，也不見他急著戀上誰。

溫瀛和反過來安慰她。「其實幫妳出氣，我很高興。以前有什麼事我都想著算了，以和為貴，那是我第一次罵人，還頂撞老闆。可是罵完很過癮，妳沒看到他們的表情，太可惜了。」說完，自己一直笑。「原來罵人是這種感覺，還蠻爽的。」

「還笑？所以工作丟了，還要謝我就對了？」

「沒差，服務業很缺人，隨便找都有。而且在妳來之前，老闆才打給我，要我回去上班，說一堆老顧客吵著要老闆把我找回去。」

「拒絕他！」沈思齊拍桌。「什麼爛東西！之前叫你滾，現在要你回你就回？不加個薪送個禮別回去——」

「可是我答應了。」

「你有沒有骨氣？」

「可是我喜歡在那裡上班。」他坦率笑道：「那裡離妳很近。」

沈思齊怔著，又像發現新大陸。溫瀛和怎麼做到的？這麼能屈能伸？他沒自尊，今晚沈思齊來了，他高興得很。「要不要再下點什麼？」他撈出肉沫。「啊，要不要吃粥？我有白飯，火鍋最後的湯底拿來煮粥，用雞蛋拌了灑蔥花很好吃。這麼冷，喝粥最好了。」

他進廚房拿飯。沈思齊捧著熱湯，好溫暖。

該死，她又想哭了。

—♡—

這晚，沈思齊回家後，夜不能眠。手機震了整晚，已經沒電，全是陽盛年打來的。她怔在沙發上。

被熱戀狂燒一陣，終於焰火稍熄，她靜下來盤整自己。有沒有可能，這一路走來，錯得離譜？有沒有可能，她以貌取人，未見本質？她被陽盛年氣哭，但在痛苦中也更明白自己。

自作自受，不知天高地厚，列那麼多擇偶條件，卻看不見自己其實不完美。這一跤，摔得不無辜，她跟陽盛年都太軟弱。

溫瀛和呢？他才是真正的強者。他無懼，在愛面前。他不怕愛上別人，會失去什麼。

心要多強大，才敢這樣愛人？愛到無我，不怕失去自己。

內在要多強壯？才敢恣意對人好，付出溫情，無懼受損，也不防禦自己；向對方完全袒露，對心愛之人示好，就算被看透，也不丟臉，哪怕心意被踐踏，也不傷懷。

這樣單純專注，只在意自己認為重要的，不管旁人覺得蠢，無所謂。能這樣的人，內心是很強大的吧？

沈思齊曾經以為，能匹配自己的是像陽盛年那樣，光芒萬丈、外表強悍的男人。他強勢、有能力、有主見，她以為那樣的人才可靠，所以被狠狠撼動。

但，最終，當她最需要支持時，強悍的男人不是理解她，而是推她一把，教她摔慘；穩穩接住她的，反而是溫瀛和。

「那不行，誰欺負妳，就是我溫瀛和的敵人。」

這句話，給她極大安慰。

高瘦蒼白，總是帶著微笑的溫瀛和，也許才是高人。而她跟陽盛年，是在紅塵瞎忙的蠢人，忙於計較得失，忙於臉面皮相，忙於鞏固自尊，互相攻擊，爭執誰該遷就讓步。

這一晚，沈思齊想起許多自己曾認為不重要的，關於溫瀛和的那些事。

想起他們是如何熟悉起來。

三年前，那個值完班的早晨，她在咖啡店休息，溫瀛和送餐時暈倒，她立即搶救送醫。在他大腦內有一顆極小的腫瘤，她協助排定手術日期。

腫瘤位置很好，對沈思齊來說是小手術，但溫瀛和表現誇張，巡房時，她說明手術，他爺爺奶奶陪著，比他還鎮定。

溫瀛和一直問：「我會死嗎？」

「手術本來就有風險。」

「那是會嗎？我不能死……。」

沈思齊翻白眼。很好，他哭得更厲害。「我沒說你會死，你崩潰什麼啊？」她怒斥。一旁的學生跟護理師都在努力憋笑。

溫瀛和哭到爺爺奶奶都不好意思了。

「對不起喔，醫生，我們阿和從小就膽小，絕不是對您的醫術沒信心。」

他在病房三天就哭三天，哭到鄰床病人跟護士抗議要換房。

「厚，那個奧少年一直哭齁，哭到偶們都覺得會跟著衰小，歸岡捏！」

臨到手術前一夜，沈思齊認為他差不多該接受現實了。看完病歷，她打電話問護理師狀況。

「還是動不動就哭，受不了，沒見過這麼沒用的男人。他奶奶年紀都那麼大了，也沒像他怕成那樣。」

真是夠了。沈思齊扔下病歷，到病房請家屬離開。她瞪著他，他躺在被裡，淚汪汪地望著她。

「聽著！」沈思齊右手拍在他身側，嚇他一跳，左手食指抵住他額側，往腦後劃出一弧線。

「我會從這裡到這裡，鋸開你頭骨，從豆腐那樣一團的腦子裡，挑出那顆該死的腫瘤。」

這下，溫瀛和嚇傻了。沈思齊揚眉。「聽起來很可怕？」他瘋狂點頭。

「不可怕，因為剛剛說的那些都不會發生。現在醫學進步了，不用鋸開頭骨，透過3D內視鏡就能完成手術。整個過程不會有感覺，我會確保麻醉藥把你麻到跟小貝比一樣睡著。等你醒來，止痛劑會給你開到最強；術後傷口小，恢復快。所以少給我哭哭啼啼，太緊張反而對身體不好。」

被她氣勢震懾，溫瀛和聽完，不哭了。

講完，她狠狠道：「在我刀下，要死？沒那麼容易。」

「妳保證？」

「我保證，真的不痛。」

他還是擔心，又哽咽了。「我不能死……我爺爺奶奶就只有我了，我是不可以死的，真的真的要拜託妳了，沈醫生……。」他又哭了。

這會兒，想到往事，沈思齊笑出來，又感動得淚盈眶。

她明白了，原來如此。當時他哭，是因為太害怕，不是怕痛也不是怕死，怕的是丟下年邁親人沒人照顧，讓他怕到眼淚忍不了，怕到無助又徬徨。

那時，沈思齊不知道，躺病床上的溫瀛和望著年老的爺爺奶奶，是真的想不到出路。他是他們的經濟來源，萬一死掉，被拋在世間高齡的親人，靠誰照顧？要怎麼活下去？要託付給誰？別人會嫌老人麻煩，弄不好還會被虐待。擔心這些，讓他哭了又哭。

那時，沈思齊嫌他煩，身為男人，膽小懦弱又愛哭。但現在，她對這傢伙生出複雜情感。

會哭的男人，不代表軟弱。相反地，正因為看重感情，因為內心強大，所以不怕示弱。沈思齊意識到，自己才膚淺。

是啊，有這一種人，自己不重要，身邊所愛的人才重要。自己受傷不怕痛，但身邊愛的人不能受一丁點委屈。這樣的人，或許讓人覺得傻，因為他只為別人活。

可是在強調做自己的世代，如果每個人都張牙舞爪做自己，這世界會有多可怕？也許，就是要有幾個不懂為自己，看似軟弱又沒個性的傻子來平衡，世界才能好好運轉。

這些不做自己、很無我的人，或許是泥土般溫暖的「在」，才能讓做自己又有個性的人，成為一朵又一朵美麗張揚、燦爛綻放的花兒。少了樸素泥土支撐，再美的花也開不了。

有沒有可能，溫瀛和才是真正適合她的伴侶？有沒有可能，陽盛年的存在，是為了讓她明白，脆弱的人，也許不是真的脆弱。因為她太傲慢，從來只被耀眼的吸引；因為她從不屑低頭，好好看著比她脆弱的。

她勇往直前，沒想過慢下腳步，停下來看待身旁風景。也許有一顆被她忽略的星，就在身旁。

沈思齊長吁口氣，起身推開落地窗，走到陽台，讓冷風吹醒發燙的腦子。雨勢稍緩，暗夜馬路水漬反映路燈光影。被雨洗過的城市更清新，她有豁然開朗的感動。

陽盛年讓她心痛，但這痛不冤枉，自己也活該。陽盛年罵得有理，她憑什麼要他遷就？太高看自己。

沈思齊被愛情狠狠教訓了，學會收斂長久來的傲氣，因為從溫瀛和那兒，她理解到謙卑的偉大。

台東很美，但這裡也不差。陽盛年很好，但我自己生活也很愜意。溫瀛和呢？她微笑，那是一個未知的可能……。

首先，該把床底下那堆信看完，看看他到底都寫了什麼？

陽台右側，二神竊竊私語，坐在角落地上。

「所以沈思齊要和溫瀛和交往嗎？」月小柴問。

「誰知道？」九爺聳聳肩。這女人夠奇葩，半夜穿白袍睡衣在陽台，也不怕嚇死鄰居。

小柴問：「陽盛年出局了嗎？也是，他讓沈思齊哭得很慘。」

「所以小柴啊，誰知道我們是離開愛情呢？還是離真愛更近？當人們分手，以為離開愛情，哭得天崩地裂。但也許是離真愛更近。沒痛過，哪知什麼珍貴。沒愛過幾個，怎麼知道自己適合什麼伴侶？」

「我懂了。」

「你懂什麼？」

「沒被幾個個案羞辱過，怎麼知道什麼個案適合我。太機車的個案，就要給他放生。」

九爺笑出來。「果然天才。」這領悟力，怪得離奇啊！

—♡—

除夕後，新年光臨。櫻花樹裸著禿枝迎春天，預備在春光中綻放自己。

沈思齊自從與陽盛年不歡而散，半個多月了，不管他怎麼打電話傳訊息，她都不回應。這日，她回訊同意見面，兩人約在鄰近醫院，一間綠意盎然的花園餐廳。

陽光明媚，像是對陽盛年的祝福。他滿懷復合的期待，徹夜駕車趕至台北。行前已想好許多說詞，決定放棄一些堅持，為這女人妥協。然而沈思齊見到他，劈頭就說：「我想拜託你移除臉書上的合照，麻煩你了。」

他被突襲得措手不及，愣了幾秒。「如果妳堅持——」

「我堅持。」

「好。」

然後都沉默了，望著對方，好一陣沒人說話。

她只是對他笑，品著黑咖啡，好整以暇的態度顯得他更狼狽。他煩躁，甚至火大起來。「妳也真狠，避不見面也不接電話，當不成情人至少是朋友吧？有必要這麼絕？我是犯了滔天大罪嗎？更何況我後來也答應妳了，不是嗎？我不懂妳還氣什麼？」

他很激動，但沈思齊只是淡淡笑著。

她信他真的在乎這短命的戀情，因為他憔悴了，瘦一大圈。然而，對他，她已免疫。

當自己不在意，慌的就是別人。當初氣定神閒、勝券在握的男人呢？沈思齊忽然有些同情。

她溫柔解釋：「抱歉了，讓你難過，但請你體諒，你知道戒毒癮要多久嗎？戒掉體毒短的話是一週，長要一個月，到那時身體就不會難過。所以這段日子，我不想跟你接觸。」

「妳把我當毒品？」

「嗯。」

「我有這麼殘害妳身心？」

她笑出來。「別這麼想，跟你在一起很快樂，會讓人上癮。所以我才需要戒斷期啊，排除你對我的影響。」既然要分手，就別落井下石了。

陽盛年嘆息。「如果妳肯接我電話就知道，妳根本不必這麼做。我會讓步，我不想分手，我想清楚了。」

「我知道，可是我上次也說了，我不要了。這麼說吧，因為我是醫生，我不適應這麼刺激的關係。」

陽盛年心灰意冷。「我以為妳懂我，但說到底，妳也覺得我是渣男吧？」他的自信跟原則罕見地產生動搖。

或許，他真是個很糟糕的人。

但沈思齊不同意。「會在颱風天撿拾受傷雛鳥的人，怎會是渣男？但是──」她溫柔但堅定。「陽盛年，雖然我很喜歡你，遺憾是我的工作太需要專注。我不能因為跟你交往，因你堅持的自由，導致日後帶任何朋友認識你，都要神經兮兮揣測你們會不會上床。畢竟你那麼迷人，是不是？想想你的顧慮也對，除了崔靜英，也許改天我又要求你別跟某甲某乙互動，因為是我認識的某某某，沒完沒了，所以你也不用勉強自己了。」

「所以呢？」他聽了更惱怒。「說到底，妳就是要我放棄開放式關係對吧？明講好了。我真是不懂，妳們女人為何這麼在乎肉體關係？那就只是跟食慾一樣會忽然發生，吃飽就沒事了，當然會想吃很多不同的，但還是有最喜歡的，為什麼戀愛要剝奪肉體自由？」

說得有理，當初她也信了。但，沈思齊笑著說：「你說得對，我祝你遇到同類的對象。但陽盛年，我也是真的努力過，可是任何自由，沒有底線的話，就像沒有邊際的漂浮。我覺得那樣也挺可怕的，所以我放棄。但我尊重你的觀點，每個人都只需為自己的選擇負責，不需別人認同。這跟渣不渣無關，因為最後要背負後果的，還是自己。」

她為自己負責，那時鬧翻，從台東開車回台北，一路是如何煎熬，她哭了又哭，氣憤難堪，被種種情緒煎熬。直到現在消化完畢，包括對這男人的情意完全止息。代價付完，她雲淡風輕，平靜了。

陽盛年無話可說。

「我相信你從開放式關係得到快樂，也會得到別人想不到的痛苦。任何選擇都是一體兩面，一個願打一個願挨。我很高興你讓我更明白自己，所以，我覺得你很好，但我也不差。我們分開，各自安好吧。」這就是她從這段關係得到的領悟。

所謂的開放式關係，要開放到什麼程度？當你擁抱我敵人。想要自由，要自由到什麼程度？當你不在意我的感受。

她可以開放式關係，但她不可以被落井下石，這是沈思齊的底線。當她被敵人推倒時，愛的人必須扶起她，而不是再踩一腳。在最需要安慰時，她不想聽道理，只想得到一個肯定跟支持的擁抱。

但那樣的時機，他已錯過。

當陽盛年想要像風一樣的自由，她就只能是他的過客。沒有全拿的，自己的選擇要自己買單。

他聽懂了，看來，多說無益。「好，我明白了。」陽盛年起身告辭。「我走了。」

「慢走。」

「以後……還能來找妳嗎？」

沈思齊微笑，瀟灑道：「我是醫生，少見得好。」

意思是不想見了？他心中一陣酸楚。

最後一次，再深深凝視她，眼眶泛起濕意。他也許，還有千言萬語想跟她說，但她已不想聽。他其實，還有很多美麗風景想帶她去，但她已沒興趣。很難相信，現在這個坐在面前、保持距離笑著的女人，不久前還跟他徹夜纏綿，耳鬢廝磨。熱烈的情意還在他這兒滾燙，她卻已冷掉，比他還狠。

陽盛年轉身離開，啟程回台東。

曾經他害沈思齊徹夜駕車哭了一路，如今，換他孤獨地駛在美麗海岸線。左側，陽光金黃，浴著藍天碧海，白浪滾滾，撲打岸邊，音響輕快播放著〈像風一樣自由〉。

他，在美麗的風景線裡，在瀟灑的歌聲中，忽然悲從中來，不敢相信自己哭起來。他不停抹去淚，卻怎麼也止不住。

他知道，他真的失去她了。

還知道，他極可能錯過此生，唯一讓自己衝動到想安定的女人。

這一次，像風的人不是他，是她。

他以為開放式關係就不會受傷，然而，沈思齊比他聰明，看得比他還通透。任何選擇，都有那份選擇裡的快樂跟痛苦。現在，這份苦楚，他也只能自己買單。

—♡—

有的人被愛傷到，從此原地打轉，怨恨前任，甩不掉陰影。也有人像沈思齊，跌倒很快爬起，反省調整，立刻再出發。

她不烏陰影，對幸福保持信心，況且一場熱戀談下來，還是有收穫的。

陽盛年讓她學到很多，譬如觀星，譬如炒茶。快樂有時，疼痛也有時。但所有疼痛，都有收穫。陽盛年常聽的那首歌，是許巍唱的〈像風一樣自由〉。不由衷的勉強，沈思齊不想要，可是，歌還是好聽的。現在開車時，她也愛放他常聽的歌。

不得不說，陽盛年在生活方面，真是挺有品味的。

這日，她久違地開車載美輪出遊，打算去猴硐給貓看。有陣子沒接到好友電話，美輪恨她見色忘友，但這會兒來約，她又樂得張羅吃食開心赴約。在車上，美輪問起她和陽盛年。

戴著墨鏡的沈思齊說：「我們分了。」

「啊？」美輪驚駭。「這麼快？什麼時候？我怎都不知道？」

「嗯哼，不適合，幹嘛拖？」

美輪嘆息，替好友難過，難怪她今天戴墨鏡，八成哭到眼睛腫，不好意思讓人看。「我早說了開放式關係不行啦，妳看，失敗了齁？」

「欸，這話我不愛聽喔。我沒失敗，是成功比例多少而已。我一直都走在通往成功的路上，會離成功越來越近。雖然跟陽盛年沒結果，但我至少成功體會到戀愛是什麼。沒達到百分之百成功，還是成功。」

什麼歪理？好啦好啦都妳說了算。美輪放棄抗辯。「沒關係，早死早超生。重點妳還好好的，妳看起來還行，如果需要我，我家隨時歡迎妳。」

「喔NoNoNo,妳那個家我才不去。」

「喂,現在寬敞多了好嗎?很多書都運到簡律老家去了。」這女人真難取悅，想同情都同情不下去。

「妳如果真的想陪我，下禮拜天空出來。」

「好啊，沒問題，喝酒嗎？酒錢我出，我們去KTV唱歌然後大醉一場，慶祝妳死而復生，醉後又是一條好漢。」

「酒就不用了，來幫忙就行了。溫瀛和要回苗栗幫爺爺採梅子，老人家欠人手，妳也來吧，簡律想跟也可以。」

「他採梅子關妳什麼事？」

「我考慮跟他交往，當然要去了解一下他家人，是吧？」而且，她也想付出，想分擔溫瀛和的勞務。

「什、什麼？」可憐的戴美輪，跟沈思齊深交多年，還是常跟不上她的腦迴路。「這陣子妳到底都在幹嘛？這什麼光速操作？妳能不能對愛情有些敬意？這麼快又想跟人交往了，妳情傷去得也太快吧？」

「不適合就分手，有喜歡，幹嘛拖？生命苦短啊。」

「有妳的喜好短嗎？這邊分了那邊就愛了?!妳的生命體驗是在趕火車嗎？」美輪投降。「那麼，容我問一聲，妳跟溫先生也想開放式嗎？」

「嗟——」被白眼了。「當然不是。」沈思齊摘下墨鏡，眼裡滿是笑意。她降下車窗，陽光燦爛，迎風駕車很爽。

「那我放心了。」美輪長吁口氣。「妳啊，真是想幹嘛就幹嘛，誰也勸不了。妳想想，妳那時那麼瘋陽先生，失戀也不見妳怎麼傷心。」

「喂，我也是認真愛過的，因為認真，所以才知道不適合。現在呢，我覺得溫瀛和鑾可愛的。」

「妳才最可愛！倒轉看看當初妳是怎麼嫌人家的？陽盛年也是，之前怎麼拉都拉不住，結果這麼快又分了，早知道幹嘛在一起？等等……啊、我知道了。」美輪拍手驚呼。「妳這不就是那個懷疑論臉書月老通靈篇說的嗎？因為大家功課做完，所以分手解散。他們也是，臉主跟他的通靈老婆和平離婚了，也沒看他們互罵對方。沒錯沒錯，分手是好事。」這個臉書追久了，美輪腦洞大開，也有新領悟。「不適合，真不用勉強。月老也說啦，結婚也是可以離的；離婚不算失敗，大家和平分手，對小孩反而好。妳看，像我爸媽那樣苦撐，我小時候夾在中間多痛苦，都不知道要站哪邊好，每天家裡都低氣壓。」

聊到這裡，美輪忽笑出來，拍一下沈思齊。「欸，我最近看通靈少婦 Egg 在《大芊世界》聊到月老，妳知道她怎麼說的嗎？」

「說什麼了？」

「她說月老看人們戀愛順利準備結婚了，拿餅來還願，祂就對他們說：加油、加油！因為結婚反而是挑戰的開始，大家要開始做功課了。」

沈思齊笑了。「是喔，那離婚或分手的話，月老豈不是要對他們說：恭喜恭喜！大家功課做完了快解散。」她們爆笑。

「對，所以妳跟陽盛年的功課做完了。」

「是，我們畢業了。」

「那麼妳現在相信有月老嗎？」

「月老喔，唔……月老蠻邪惡的。」

「欸，怎麼說？」

「妳想啊，如果祂真的存在，答應我的要求，讓我跟理想中的完美男人相遇，是不是為了要打我的臉？」

美輪愣住，大笑。「妳怎麼這樣想？神明哪有那麼閒？」

「說實話，被打臉的感覺超差的……唉，可惜了陽盛年。天菜降臨，但我消化不良。」

說完，兩人又一陣爆笑，沈思齊都笑出淚了。

—♡—

雲端上，月小柴放下姻緣鏡。

跟完沈思齊的愛情冒險，他豁然開朗，明白為何九爺要他觀賞，還想收沈思齊為徒。他在沈思齊身上看到自己沒有的，一種「理直氣壯的存在」。我的存在價值，無須他人證明，亦不用誰來肯定。

她勇於體驗，且自信爆炸到就算受挫、被當笑話，也絕不因別人的評價，就自暴自棄。比起旁人觀感，她更重視自己的感受。

小柴慚愧，自嘆不如。他不像沈思齊，她從每一次挑戰中收穫經驗，認真領悟，然後自己開悟。每次冒險受挫，都是一次次的成功，成功進化成更豐富的自己。

我不同啊，小柴意識到自己蠢。

總是那麼努力跟他人要證明，證明我好強好厲害好重要。總是渴望被認同，所以拚命向他人展現自己與眾不同，但稍不小心，反得到反效果，被討厭更是日常。

這樣渴望被重視的結果，就是一旦失敗了，也極度氣餒，甚至一蹶不振，自暴自棄。急功近利地想證明，反而搞到傷痕累累。

小柴看向夕光染橘的雲海，遠處一朵彩雲上，九爺交疊長腿，帥氣地坐於夕光中。

「我又活起來啦——九爺！」小柴歡喜高喊，張臂撲向雲海，衝進棉花糖般雲堆，在團團圍住的雲朵間蹦蹦跳跳。他穿過雲堆，奔向師父。「抱一個！」跳上彩雲，張臂，撲向九爺。

九爺一側身，俐落閃過。小柴撲倒雲團裡。「齁，抱一個都不行。」

九爺瞟向他。「這麼樂啊？」

小柴爬起，拽住九爺袖子。「我跟你說，沈思齊現在過得很好，而且考慮要跟溫瀛和交往。九爺，開放式關係真的行不通嗎？」

「行得通，只要找到有共識的另一半，就能體驗到開放式關係可以領悟到的功課。」

「所以開放式關係也有好處嗎？」

「有的。不過，小柴，人們都歌頌雋永的愛情，但關係一旦流於安定無聊，是否也能忍受？然而過激的愛情，雖然讓人瘋狂生機勃勃，可是生活是大量日常，最終還是得回歸自己。所以求姻緣的前提是提升自己。一個獨處時自在，懂安排生活的人，將來戀愛了，一旦關係流於穩定，也能自得其樂安於日常。如果只是寄望伴侶帶來刺激、新鮮，終會在過激的生活中消耗透支，直至衰竭……當然，這也是一種體驗，也能得到不同的領悟。」

「沒錯，就算體驗不佳，但沒有失敗，全都是通往成功的階梯，只要不放棄繼續往上爬。像我，我總有一天會成功，我一定會當上月老神，我要當全神界最厲害的月老！」

「汪！」一隻小黃狗跑進雲堆，繞著小柴打轉，想跟他玩。

「唉呀，又是你，你怎麼到處流浪？來，抱抱。小柴最愛狗狗嘍，愛你愛你！」小柴一把抱起黃狗，捧高高轉圈，又親又蹭。

小黃狗樂得舔他，一直搖尾巴。

九爺步下彩雲，關爺扛大刀閒步過來，指著小柴。

「那傢伙幾時跟虎爺這麼好了？我們虎哥可以被這樣調戲嗎？」

「我也納悶，虎爺明明跟誰都不親。」

二神皆是微微感到擔心啊⋯⋯。

月老箴言

015

吉

分手時，哭得天崩地裂，
但也許是離真愛更近。
沒有痛過，怎麼知道什麼是珍貴；
沒愛過幾個，
怎麼知道自己適合什麼伴侶？

— 姻緣類型 —

5

因果關係之神的配對

一瞬即永遠

牽成 ❤ 對象

慣性付出被需要患者 vs 早熟反骨厭世少女

每一個人，都值得好好被愛。

01

被鬼跟，怎麼辦？

最近月小柴夜行常遇鬼，只見身旁花褲浮地沒有腳——

「鬼啊！」衝進廟堂，奔上神榻。那兒，九爺舉杯欲飲，慘遭撞擊。

「有鬼追我！」小柴抱住九爺手臂嚷嚷，酒都灑了。

「唉，你已是半個神，鬼才怕你吧？」

對齁。「好，她再來，我揍飛她。」

「等等。」九爺撈回小柴。「我確認一下，被鬼追的時候，你可有聽到嬰兒哭聲？」

「沒有。」

「哦，那沒事了。」

「等等。」小柴拉九爺回來。「有嬰兒哭會怎樣？」

「之前的月老沒跟你說？」

「沒。我應該知道嗎？」

「也不是太重要，就是如果聽到嬰兒哭，就要趕快——」

「快什麼？」

「跑。」

「為什麼要跑？」

「可聽過遊走神魔兩界的四兇獸？其一的饕餮，最愛吃你這種白嫩又尚未登神的實習生。牠的叫聲像嬰兒哭，這個你才應該怕。」

這叫沒什麼重要?!

沒幾天，鬼又來了。小柴長袖一甩，傾出龍頭杖就打。

「別啊！柴大人！」黝黑乾瘦的鬼婆婆跪地求饒。「我、我有事要求，我冤啊——」

「我是負責姻緣的，有冤要找城隍爺。」

「我就是求姻緣啊！」

「死翹翹了還要什麼姻緣？」

「我是幫我兒子求。」

「妳是鬼，我們只接受人的委託。」

「規矩是這樣，但柴大人，婆婆我觀察您很久了，您跟那些古板的老神不同，思想開明又前衛。您想，人鬼一視同仁才公平。況且我兒是孝子，可他好苦啊，我說給您聽……。」

鬼婆婆一陣泣訴，小柴聽完很感動。

「好，妳在這裡等，我去幫妳求師父。」

小柴奔進廟堂，九爺正拿出最近很迷的印度烤餅，張嘴欲咬——

「九爺！」冒失鬼突然抓住他臂膀。

很好，烤餅掉了。九爺深深吸氣，忍住，不值得為個小屁孩失控——

「給我撿起來舉高高跪下去！」還是爆氣了。

小柴照辦，舉高烤餅跪好。

「師父莫氣，那位跟著我的鬼有事拜託咱們，您幫幫她吧？」

「此鬼膽大，連神都敢靠近？」九爺冷哼一聲。「就你資淺才被鬼玩。她在哪裡？」

「我讓她在廟旁等。」

「哦，完了。」

「完？什麼完了？」

但見關爺捋鬚，笑呵呵上來。九爺問：「進來時，有沒有看見什麼？」

「看見女鬼，吾順手滅了。」

烤餅再次掉地。

「滅了她？鬼婆婆啊～～我對不起妳～～我害了妳怎麼辦啊駒唉呀～～」

小柴崩潰。

鬼吼鬼叫，當這裡是歌劇院嗎？九爺跟關爺懶得安慰。

關爺問九爺。「野鬼跑來神廟，我不該滅？」

「唔，好像是柴柴讓她在外面等的。」

「哦……看來我又衝動了。」

「你滅去哪裡？」

「滅去閻王的——」尚未說完，九爺便消失。

月小柴還沒嚎完，忽地一聲獅吼震住他。一頭巨獅破空入室，九爺偕鬼婆婆躍下獅身。旋即，巨獅俯身咆吼，小柴但覺耳朵被轟得近聾。巨獅昂首一躍，地獄坐騎撤離。

九爺領回鬼婆婆，順便帶了閻王口信給關爺。

「喂，老閻讓你帶床下那瓶六十年青花汾酒給他。」

「九賊！你賣了我?!」

「衝動就要付出代價，你幹嘛？」

關爺往空中一抓，擒酒來，開了就灌。與其給老閻飲，不如我幹光。

九爺要搶，關爺不放，二神搶成一團。

神仙打架，鬼婆看傻，小柴好尷尬。

「不好意思，我處理一下。」小柴喊：「菩薩來了！」

二神霎時立正，一個凝神掐指沉思狀，一位酒塞袍內擦關刀。

菩薩咧？菩薩未至，小屁孩就位。「都冷靜了？兩位長輩如此打鬧令小輩汗顏，鬼在看呢！」

「還不是你惹的！」關爺掐他脖子。

慘遭教訓但沒關係，小柴頂著腫包的額，幫鬼說情。「你們幫幫她的好兒子吧——」他讓鬼婆婆過來，說給二神聽。

約莫十八年前，鬼婆婆重病，臨終前要求長子發誓，照顧小他十歲、同母異父的弟弟。哪知弟弟任性驕縱，花光了媽媽的保險金，還要哥資助自己的健身房事業，後來甚至氣走哥哥的女友。

鬼婆婆懊悔又內疚。「我兒石安富都三十八了，還沒個伴，我害他犧牲太多了……月老啊，求您幫他牽牽線。我條件很簡單，只要讓他快樂的就行了，求您了！」

「胡鬧！」關爺喝斥。連鬼都來求姻緣，神仙哪有那麼閒？

可九爺說：「好吧。」拾起晾地上很久的烤餅，塞入小柴的嘴。「我不接受鬼的委託，但我徒兒是實習生，欠練習，妳不介意就讓他負責。」

「當然不介意。」

「可是我介意。」小柴嚼著烤餅問：「請問我獨自負責牽線，那麼師父要幹嘛？不用幫我？」

「幫啊！我監製，順便考核。」九爺亮出計分板。

「關爺呢？」小柴轉頭問。「站這麼近，是不是想參與？」

「我顧問。」

「你顧問？你懂愛情嗎？」

啪！關爺說巴就巴，沒在客氣。

九爺將姻緣鏡扔給小柴。「本案成立，咱們團進團出。」

「團進團出！」小柴鬥志高昂，跟婆婆說：「您回去等好消息。」

鬼婆婆謝了又謝才離開。小柴轉身，宣布。「事不宜遲，立刻開工，一起挑人選。」

等等，人咧？九爺？關爺？說好的團進團出呢？

—♡—

石安富身強力壯，卻常做惡夢。

夢裡，他一身黑衣，盤坐在地，忽然有一蒙面紅衣女刺客躍入，持劍朝他一陣瘋劈。石安富身硬如鐵，刀槍不入，但被她怒目的狠勁震驚——

石安富驚醒。又是這個夢？他跑進弟弟石康熙房間，搖醒他。

「我又做那個夢了，有刺客殺我。」

「齁呦，才幾點？你這麼大叢怕啥啦？」

「老是夢到一樣的惡夢，是不是房子不乾淨？」

「我睡得很好啊。哥，你野生馬東石欸，鬼看了都怕，去睡啦。」

石安富悻悻然離開，但，換弟弟尖叫了。「哥啊——」

「怎麼了？」石安富衝回去，被弟弟一把抱住。石康熙指著牆顫抖。

「那裡——」牆上一隻蟑螂。「快打死牠！」

石安富拔拖鞋拍打，蟑螂墜床，爬進被窩。

「殺小！」石康熙崩潰。「你搞什麼？我要吐了！」石康熙往房外衝。

「我睡哥那邊，沒打死我不回來的，記得幫我換被單——」

石安富找得滿身汗，終於宰了蟲，換掉被單床套之後，天也亮了。石安富倒床睡。

好累，今天還要直播，想到就煩。他討厭面對鏡頭，只會尷尬，可弟弟覺得「笑果」好，總逼他登場。

—♡—

石家兩兄弟，經營一間小型健身房，有自己的ＹＴ頻道，也有廠商固定業配，每週必直播。

待鏡頭架妥後——

「安康健身房！」弟弟石康熙熱情洋溢。

「保你永安康！」哥哥石安富笑容憨厚。

石康熙朝鏡頭揮手。「又見面嘍，大家這週有乖乖運動嗎？」

「要運動喔！」石安富接話。

「不運動會怎樣？」

「會變胖喔！」

「變多胖呢？」石康熙忽問哥哥。

石安富愣住，重複弟弟的話。「多……胖呢？」

石康熙唰地抽出看板。「這麼胖！」

那是肥宅期的哥哥石安富在海邊的泳裝照。這一趴沒先溝通，石安富滿臉通紅。

石康熙拍打看板。「看看我哥，胖得像神豬，現在呢？」突然一把掀高石安富的上衣，速度之快，石安富來不及遮，雙手忙護胸，怕露點，好恥啊。

石康熙卻在他腹部一陣摸。

「看這冰塊肌啊，身高一百八，體重一百公斤，有健身是這樣，沒健身就變照片裡的豬。」石康熙搖晃食指。「但只靠健身不行喔，我哥瘦得這麼好看，除了執行安康食譜，還有認真喝這個大力士乳清蛋白粉……。」

石康熙賣力誇飾功效，石安富勉強陪笑，只求趕快結束。然而石康熙忽然曖昧地賊笑。「我知道，頻道破六萬，很多人敲碗要福利。既然我哥號稱是野生馬東石，不要說我沒為你們著想，福利來嘍！哥，上吧！」

石康熙出鏡了。

上？上哪兒？石安富呆住。石康熙按下音響，是杜德偉唱的〈脫掉〉。石康熙一邊拍手，比手勢要哥脫衣跳舞。「脫掉脫掉脫掉，脫掉脫掉脫掉，脫脫脫脫脫！」

狂粉留言催促爆刷一排，弟弟眼神用力示意，石安富硬頭皮脫了，毫無節奏感一陣亂搖，超恥。

「油咧油咧——」石康熙吹哨鼓譟。

直播結束，石安富炸了。「你設計我?!你害我丟臉！」

「齁呦，你野生馬東石捏，怎會丟臉？」石康熙檢查流量。「靠，剛有兩千人上線，果然有脫有流量。」

「還有，我的照片你幹嘛亂用？」

「齁呦，還不是為了我們將來住帝寶開豪車？」

「你再弄我，我就跟你絕交！」

「媽！」石康熙忽然兩手一攤，望向上方。「妳看哥，隨便就說跟我絕交？要是妳在，他就不會這樣……我想妳了，媽……！」

「又搬媽壓我？你幼不幼稚？」石安富走開，石康熙不嚎了。

很幼稚沒錯，但有效。

—♡—

經過九爺查核，石安富姻緣屬於「因果型」。他交代小柴從石安富的累世因緣中找出合適人選。

七日後，廟堂花園涼亭中，九爺跟關爺啃印度烤餅，吃日本點心，品英國紅茶，正逍遙著，突然一陣陰風，月小柴飄至。

「我決定人選了。」

九爺的烤餅掉地。「好徒兒，你怎麼把自己搞成這樣？」

關爺搖頭。「只是讓你決定對象，就成這德行了？」

「對著龜裂鏡面看七天，變這樣很怪嗎？」小柴兩頰凹陷眼眶黑，眼油直流，都快流血淚了。

「不會吧?!」九爺捂嘴驚呼。「你該不會看遍所有跟他相關的人吧？我沒告訴你嗎？只要隨機看幾世就好啦！」

你有說嗎?!小柴哀望九爺。又被坑了。

關爺問：「你看到哪一世了？」

「看到石安富曾是一隻穿山甲。」

一片靜默，然後——哈哈哈哈哈！二神爆笑。

「再看下去，石安富可能是顆石頭。」九爺說。

「再追下去是宇宙一粒塵。」關爺哈哈哈。

「好笑嗎？」小柴問。

好笑，又一陣哈哈哈。

小柴想哭。所以不要隨便罵上級老屁股，上級有的是方法搞你。

「真用心，既然都看到穿山甲那世了，想好要幫穿山甲配什麼姻緣嗎？」

「穿山甲要配螞蟻吧？火蟻如何？」關爺笑倒。

小柴冷冰冰地說：「鬼婆婆還在等，你們這麼歡樂好嗎？」

「好，不笑。說吧，跟誰配？」九爺問。

「就她。」小柴展示姻緣鏡。鏡中是個短髮、穿制服的五專女生，瘦臉尖下巴，一雙憤世眼睛，氣質陰沉，旁註姓名年齡地址。

「金幼莉？才十九？年齡差這麼多，你確定嗎？難度很高喔。」

「看過他們前世，我非她不可！」

「什麼前世？我看看……。」關爺搶了姻緣鏡也去瞅。

—♡—

金黃夕光浴著五專校園，應用外語科的教室鬧哄哄的。大捲髮胖女孩正狂跳APT.舞。女孩們跟著節奏拍手嗨唱，男生們打鬧搶零食，和藹的白髮胖導師繼續交換禮物的聖誕活動。

「好了，張溫溫，不要再跳阿啪豬了好不好？還要交換禮物啊。」

張溫溫停下動作，看著老師，忽又瘋狂扭動。「阿嬤饋腳，阿嬤饋腳！」換跳另一首，全班爆笑，老師也忍不住笑。

「是I'm a queencard，發音要準。好了，妳要跳多久？繼續，十一號領禮物，十二號上來。」

歡樂中，最後一排靠窗座位上的短髮女孩，自顧自地低頭修鑰匙圈——鈴鐺掉了，扣不回去。

金幼莉心事重重。委託仲介找房卻沒消息，是預算太低嗎？前方突來一陣怒吼。「靠！誰？拿超商醬包當禮物？我要番茄醬幹嘛？醬油膏是怎樣？」

大家笑瘋，老師安撫男同學。「別氣，你可以拿去炒飯啊！」「老師喜歡？送你啦！」男同學崩潰。「我拿滑鼠交換欸，是誰？敢承認我就饒你！」

你就吠吧你，金幼莉懶得理。

張溫溫回座，摟住金幼莉，被一把推開。「幹嘛，抱一下都不行？莉莉好冷酷喔。」

金幼莉轉身背對她，張溫溫將下巴擱在她肩膀上，悄悄說：「是妳吧？醬包。」她在超商遇過金幼莉。「放心，我不講。妳弄什麼？」張溫溫搶去看。「鈴鐺壞了？」

金幼莉要搶，張溫溫擋住，拆下鉛筆盒鈴鐺扣上去。「送妳，開心了？聖誕快樂。」

金幼莉搶回鑰匙，扔進抽屜，滑手機。

「齁，謝都沒有？喂，我剛跳得怎樣？阿啪滋阿啪滋？」說著又狂扭，金幼莉不看。

唉，可憐立志當諧星的張溫溫不管怎麼搞笑，大家都笑，只有金幼莉不笑。但越是這樣就越讓她好奇。

「這麼嚴肅喔？」張溫溫湊近，看她手機。「租屋網？妳要租房子？妳不是跟阿姨住嗎？」張溫溫纏著問：「為什麼要搬？她要妳滾出去嗎？她是不是虐待妳？我可以陪妳找社工幫忙，妳說，把妳的委屈告訴我——」

話真多！金幼莉冷處理。並非討厭她，而是沒勁做表情，講話費力氣。

張溫溫不懂，她白天上課，放學小睡片刻，洗了澡就要去上班。張溫溫跟同學瘋追韓國 Blackpink，她愛的卻是美國歌手怪奇比莉（Billie Eilish）；張溫溫精力過剩，而她並非拒人千里，只是累與倦。

—♡—

石安富每天上工都緊張，尤其是聽見某人嬌喊：「教練哥哥！」啪的巨響，石安富臀遭重擊。

他慌張跳開，捂住屁股。學員王淑美衝著他拍手笑。「幹嘛？嚇到了？」

「請不要這樣。」

「唉呦，教練身材好，拍一下都不行？淑美是來繳會費的，下期一樣指定你喔，給你業績。」她眨眨眼，婀娜多姿地走向櫃檯。

石安富衝進辦公室。「我說過不接王淑美，讓別的教練教。」

「她來繳費？太好了，哥的魅力不得了。」石康熙翻找東西。「筋膜球呢？我答應給她續約禮。」

「她性騷我。」

「不要好笑了，男生被摸一下會少塊肉？你肥宅時有人摸嗎？」

「我以前肥宅但我開心，那時我可以灌肥宅快樂水，不用喝噁心蛋白粉也不用被摸！」他氣炸。

「她就非要指定你啊，你不要給我得罪客戶喔。」石康熙警告他。「想想法拉利跟大帝寶，沒這些人哪來錢錢？弟弟我這麼努力，你也要加油啊！」

「被摸很噁，又不是喜歡的人。」

「我就喜歡跟客戶應酬嗎？」石康熙拍了拍桌上的文件。「我喜歡讀產品資料嗎？你看，都英文的，哥不懂只好我來，我這麼辛苦，哥被摸幾下是靠北什麼？」

算了，說了也是白講。石安富退出辦公室，走進洗手間，垃圾爆滿，趕緊清理。弟弟聘的帥哥美女全不碰髒活。

換好垃圾，又發現擦手紙沒了，他進庫房拿，又被亂堆的紙箱震住，忙著歸位整理。滿身大汗地整理完，走出庫房，關上門——啪！屁股又遭重擊。

「教練哥哥！」

石安富閉眼吸氣，忍耐住。王淑美以食指戳他手臂。

「淑美繳完錢要回去嘍，後天見。」

什麼狗屁生活？要嚴格飲控不能吃愛吃的，還要鍛鍊身體被亂摸？爛透！

—♡—

月老降臨，預備拯救石安富苦難的人生。

第一步，讓他們相遇並相視。

九爺跟小柴說明：「因緣業力強的，冥冥中會出沒在彼此相近之處。當雙方視線對上，喚醒了靈魂，就會有似曾相識之感，莫名心動。所以說眼睛是靈魂之窗。我們要讓這兩扇窗照見彼此，瞭乎？」

「瞭。」

經過調查，離石家兄弟住處最近的超商就是金幼莉打工處，徒步九分鐘，為了讓石安富深夜進超商，小柴有妙方。

深夜十一點，寒流來襲。石康熙洗澡，石安富洗碗，小柴領師父到石家後陽台熱水器旁，執起龍頭杖朝電池劃去，漏光電力。

「幹——」石康熙嚎叫，遭冷水爆擊。「哥、哥啊！沒熱水——我要冷死啦哥！」

石安富跑去檢查，拔出電池朝浴室喊：「你忍一下，我去買電池。」外套沒穿就奔向超商。

「衝吧，石安富！」小柴拉起師父跟上。即將目睹他們對視心動一瞬，好興奮。

石安富進超商，拿電池到櫃檯結帳。金幼莉收錢，看著銀幕刷條碼，問會員問載具。他說沒有，都不用。金幼莉給發票，他咧？人跑了，只見巨大背影像猩猩，豈止眼沒對上，臉都沒瞧見。

「任務失敗。」九爺評分板記之。

但手被抓住，小柴不服。

「沒失敗。我有備案，明天繼續！」

「喔？」九爺眼睛一亮。「不錯，連備案都有，就知道你行。」

石安富金幼莉，拜託你們爭氣！莫讓月老操碎心！

法拉利跟大帝寶，燃不了石安富，唯一能燃他的是此刻。

今日秤重九十八公斤，憂鬱讓他瘦兩公斤。所以呢？慶祝減肥成功要犒賞自己。

雞胸肉去死，水煮蛋去死，蛋白粉也死死去。他繫上圍裙，眼神發亮，平底鍋滋滋響，扔下奶油嘩地激香，丟油花超多的五花肉，胡椒鹽狂撒，油脂流淌，肉香瀰漫，石安富破碎的心被撫慰。

他掀開飯鍋，大碗公盛滿，五花肉切片，站在廚房開吃，挖一大坨飯放肉片，張嘴咬——

啪！湯匙被打落。「哥，你幹什麼?!」石康熙震怒。

「吃飯啊？」

「你知道這五花肉熱量多高嗎？還配飯？」一杯沖好的蛋白粉塞進石安富手裡。「喝這個就不餓，肥豬肉不適合你。我瘦巴巴的才能吃，你要節制。」

石康熙幹光五花肉。但這五花肉可能被詛咒了，石康熙消化不良，半夜一陣屎意衝廁所，完事要拿衛生紙，靠北！他又嚎起來了：「哥，衛生紙啊！」

石安富槁木死灰地躺著，一聽弟弟求救立刻滿屋找衛生紙。全都用完？什麼情形？這屋子有問題！

「你等著我去買！」

「靠！」石康熙崩潰不已。「家裡不是有嗎？怎麼可能連一張衛生紙都沒有啦——」

當然有可能。月小柴呸掉嘴裡叼的衛生紙，一鬆手，整袋衛生紙落地。「這次一定成，快！」他拉著師父追，見證兩人對視心動一瞬間。

此時，超商恰好沒客人，天賜良機，小柴龍頭杖一揮，音響播起情歌，用餐區的仙人掌盆栽開花。場布完，還有音樂暗示，你們給我認真對看！

叮咚，石安富走進，金幼莉正在清洗咖啡機，轉身結帳，看見了——面前的男人胸腹超壯，練這麼壯是想當猩猩嗎？

她又一連串制式詢問。石安富掏錢結帳，銅板掉了，他蹲下去撿。金幼莉刷條碼、結帳完畢，放下發票跟零錢，轉身繼續清洗咖啡機，石安富拎起衛生紙就走。

動人情歌沒播完，主角已淡出。

「為什麼……？」小柴頹喪坐地。

讓人目光對視這麼難嗎？這兩位的靈魂之窗鎖上了？人都送面前了是不會看一眼？你們視野是多窄？

九爺安慰地拍了拍小柴肩膀，在評分板上紀錄。「第二次出動，失敗。徒兒厲害，挑難度超高的。」

「啊——」小柴奮起，手伸向師父。「給我。」

「什麼？」

「金粉，我給他們狂撒，撒到金光閃閃，不信他們還看不見對方！」

「好喔。可是……金粉缺貨。」

「為什麼？」

「嗯，最近用量有點大，這幾天會補。」

「這幾天是哪一天？」

「沒辦法給明確時間，神界時間是隨機的，總之要是看到粉紅仙鶴徘徊廟堂上，就是貨到了。」

「所以是斷貨了？你沒事幹嘛亂用！你知道我在湊對就該給我留點啊！你幹嘛？你記什麼？」

「任務失敗、遷怒師父，扣分。」九爺淡然地道：「師父給個良心建議，現在換對象還不晚。我發現跟石安富有因緣的人不少，你是實習生，先從難度低的——小柴？唉，你又來了！」

小柴又在情緒化了，蹲在忙著理貨的金幼莉旁，托著下巴，傷心地看她補貨。「明明曾經緣分深，怎麼投個胎就忘？人都到妳面前，還視若無睹？」他感慨。

金幼莉與神明維度不同，她無知無覺，渾不知他用心良苦。

九爺過去，摸摸小柴的頭。「有時我們月老試又試，個案就是不開竅，也只能放棄或者換對象。」

金幼莉疲倦地揉眼打呵欠。小柴看著瘦弱的她，超商制服穿得鬆垮。金幼莉啊，我該換掉妳嗎？

九爺蹲下來，安慰他。「我懂你的無力感，自從智慧手機普及，咱們的姻緣安排又更難了。人們不太看向彼此，講話也常盯著手機，對周遭環境不關心，對手機裡的世界更著迷，要讓人們心動好難啊！」

靈魂映入的風景，太花太雜，誰還認真留意誰的眼神？

但金幼莉似有感覺，抬起臉，與小柴面對面。

小柴的雙掌捧起她的臉。「放心，我小柴絕不放棄妳。」

因為金幼莉啊，我們是很相似的人，對吧？我們值得好好被愛。

「兄弟，我來也！」關爺穿門闖入，刀往地面插。「怎樣？進度如何？我錯過什麼？」

九爺起身道：「沒事，啥都沒錯過，進度零。」

「這什麼？」小柴戳了戳關爺拖來的焦物，冒著煙，蠻香的。「烤乳豬喔？也不揪？」

「想吃啊？」關爺問。

「正鬱悶，拿這個下酒好。」撕一塊焦皮嚐，呸。「太柴了，關爺你會不會烤啊？」

「我該告訴他嗎？」關爺問九爺。

九爺低頭，看小柴掏出叉子準備挖肉。「傻孩子，你幾時見過這麼大的烤乳豬？」

叉子捅了捅。「不是豬肉？是牛肉？」

九爺跟關爺說：「你告訴他吧？」

關爺徐徐道：「此人縱火害死六人，吾監獄勾魂，陪領黑旗的冤魂烤了他。他剛痛完，待會兒要帶回監獄將魂魄打回體內。」

叉子落地，小柴奔去吐。

二神肩併肩，同情地齊搖頭。

「進展不順嗎？」關爺問。

「極不順。」

但是小柴吐著吐著，忽然腦中靈光一閃。有了，他有奇招了！

—♡—

經過小柴運作，奇蹟出現。

這一日的深夜十點，超商的用餐區，石安富不僅坐在金幼莉對面，目光還盯著她。

眼前的女孩極瘦，穿一件黃色中性大T恤，額頭高寬，眼睛大下巴尖。她骨架很小，瘦得像根刺，又像外星人ET，渾身散發生人勿擾的氣場。

石安富瞅著她看，對她的晚餐太好奇。她吃維力炸醬泡麵，撕開醬包加入，又掰一排大波露巧克力丟進去用力拌，迅速吃光黑呼呼的麵條。她放下碗，手背抹抹嘴，抬起頭——

她看見他了。

目光對上的瞬間，他們都有些震動。

看這巨大身型，金幼莉懷疑是前日那背影像猩猩的大叔。他有張憨傻的圓臉，她看著想笑，心又像塌了一塊，莫名心慌。

一對上她的目光，石安富恍惚了。儘管目光淡冷，他卻有似曾相識之感。無視她渾身刺一般的氣場，他指著空碗跟巧克力問：「這樣好吃嗎？」

「不會自己試喔。」金幼莉收拾碗筷，穿制服上工。

原來是超商店員，而石安富整天低落的情緒，此刻才好轉。今天倒楣，回家找不到鑰匙，打給弟弟又被罵，說跟廠商開會，叫他到超商等。哪知等了好久，咖啡從熱喝到冷，肚子也餓，買雞胸肉跟水煮蛋。東西還沒吃，就被她的晚餐迷住。維力炸醬麵太香了，N年沒吃泡麵，饞呀！然而當他羨慕之時，她竟加了巧克力？

石安富撕開雞胸肉的包裝，啃起冷雞肉，越吃越冷，空氣中都是泡麵香。

週五上班最討厭。

金幼莉好累，客人超多，可是店員只有兩位。她們結帳取貨寄貨，弄咖啡加熱食品幫影印，有人點數要換商品沒了一直靠北，還有老太太要她操作機器訂車票，垃圾桶爆滿需要換。

正當她跟同事手忙腳亂地應付結帳隊伍時，面前突然出現炸醬泡麵跟大波露巧克力。

那頭猩猩來結帳了。這是……復刻她的晚餐？結完帳她繼續忙，但忍不住偷偷觀察他，看他笨拙地丟巧克力拌勻吃一口，一臉驚愕，瞬間秒殺，又去拿一份來結帳。

「好吃。」他對她笑，看見她的名牌，寫著「金幼莉」。

金幼莉不語，結完帳又偷瞄他。他吃完又再拿一份過來，還要吃？

她忍不住建議。「其實可以試這個。」抽出一旁的士力架花生巧克力。「加這個更好吃。」

「喔？那妳為什麼加大波露？」

「便宜。」

「喔。」了解。

他拿六條士力架一起結。

「一碗只能半條，多了不好吃。」她說。

結完帳，他把那六條推向她。「給妳，謝謝妳的。」拿著泡麵，大叔很樂地回用餐區繼續暴食之旅。

下一位客人來了，金幼莉隨便地將那堆巧克力掃進衣服口袋。這大叔有點意思。也不知自己怎麼了，大叔不是帥哥，可眼睛忍不住一直瞄他。

喔耶！今日全團出動，關爺小柴九爺蹲在書架區，見證相遇一刻。

「我果然天才！」小柴得意。被幹走的鑰匙其實還好好地躺在石安富的背包裡。

「同意。」關爺點頭。鑰匙泡麵巧克力，牽起前世今生緣。這離奇安排果然是小柴手筆。

九爺一手一個，搭著他們的肩膀。「金幼莉吃的那個……，我們要不要也來試試看？」

「No！」

月老箴言

016

吉

因緣業力強的，
冥冥中會出沒在彼此相近之處。
眼睛是靈魂之窗，當雙方視線對上，
讓兩扇窗照見彼此，喚醒靈魂，
就會有似曾相識之感，莫名心動。

02

「家」是江湖打拚後的休息處，回家就可放棄表情管理，在家人面前最自在。可惜某些人的「家」是另一個江湖，不能以真面目示人，還要戴面具拚搏廝殺。

再小的地方，只要能免去表情管理，就是金幼莉盼望的「家」，不必溫暖，但求安心。

她沒有那樣的「家」，放學後到出門打工前是她短暫待家裡的時光，她趁這時睡覺洗澡。

做水電的姨丈常跟工程隊到處跑，很少回家。表哥考上台中的大學，因住校偶爾才回。在清潔公司上班的阿姨要忙到六點，還常加班。所以，這段完全只有自己的獨處時光，金幼莉才有一種「家」的感覺。

然而，這個她想逃離的「家」，在金素英心中，卻是全部。是她拚命守護的地方，即使三十坪小公寓是租來的。

難得提早收工，金素英拎著滿手蔬菜回來。金幼莉在洗澡，手機響不停，素英進房幫忙接電話。

「喂？」

「妳好，我是租屋公司的吳由禮。有符合妳條件的，要來看嗎？」

「什麼？」素英沒聽懂。

「租金五千，我幫忙談到四千了。要就快，我還沒把資料上架。」

素英反應過來了。「地址給我，我是她阿姨——」沒等金幼莉出來，素英臭著臉赴約。

雅房在老公寓頂樓，走道狹窄，房間僅能放床跟桌椅，沒窗，衛浴跟六名租客共用。空氣中混著菸臭，走道堆滿雜物垃圾，不知住些什麼亂七八糟的人，一旦失火連逃生都難。

仲介說：「環境再爛，門關上，裡面就是自己的天下是不是？在台北真的有夠便宜了。」

「門關上就是自己天下？你很會講。」

「還好啦，大姐，討生活嘛。」

素英拿菸出來，仲介馬上掏出打火機點上。環顧四周，素英嘖嘖點頭。

「原來這種條件還能要四千？這樣吧，你幫我找找有沒有兩千的？」

仲介臉一沉。「大姐，開我玩笑喔？兩千？兩千只能租廁所吧？」

「廁所也行啊！反正門關上就是自己天下嘛。」

不要鬧喔，仲介臭臉。素英拍拍他肩膀鼓勵。

「找到打給我。」

離開公寓，素英打給住在療養院的媽媽。「妳知道金幼莉在找房子嗎？還是媽跟她一起瞞我？」

週日上午，陽光燦著療養院外牆，可惜暗色門窗緊閉，阻斷日光。屋內是陰暗、不自然的慘白燈光，老人們病懨懨的，空間回音大，時有抽痰聲或老人咳嗽呻吟，看護個個疲倦，護理師忙碌奔走。

金幼莉站在外婆的床位旁，正幫她換尿布，小心緩慢地將蒼白細瘦的腿套進睡褲裡。

剛下班，她就接到外婆電話，直接到療養院報到。

外婆喃喃說：「背骨囝啊……妳爸那邊的親戚攏是這樣說妳，妳災鮑？」

金幼莉不吭聲，將被子拉好。

「住在人家地方是不方便，但妳要想，房租、還有妳表哥跟妳學費加一加都是錢，妳還拿錢去外面租房子，妳阿姨怎想？」

「外婆妳看。」金幼莉打開手機亮照片。「這是學費收據。我一開始打工就都自己付。」

「哇災啦，妳阿姨有說妳上大夜。但以前咧？從妳九歲養到十九，咱做人袂使無良心。」

「怎樣叫有良心？不然妳叫阿姨算，看養我花多少，我寫借據、賺錢還，我還給她加利息——」

「恁回去。」外婆翻身背對她。

「怎樣啦，賺錢還她妳也氣？」

「妳翅膀硬了才這樣講，妳爸媽出事彼陣妳敢這樣？要沒我作主讓妳阿姨收養，跟著她姓，妳早就去孤兒院了……，妳爸那邊親戚都避遠遠，那時我跟妳阿姨說，咱阿莉乖，妳疼她，她長大把妳當媽媽。結果妳這樣對妳阿姨？阿婆小時候帶妳是教妳這樣做人？人情義理攏毋知，人家越罵妳背骨，妳越要做給人看……。」

金幼莉掏出耳機戴上，忍住回嗆衝動。

怪奇比莉唱〈Bad guy〉，臉色冰冷的金幼莉也像壞女孩。

這款要她報恩的話，從外婆或親戚那已聽到耳朵長繭。越被提醒，她越不樂意表演，彷彿在跟誰倔強，彷彿故意背刺所有人。

金幼莉常常感覺胸腔似有炸彈，已在倒數計時。有時炸彈在嘴裡，她會緊張，怕忍不住引爆了，重傷所有人，教他們全閉嘴——像爸媽被詐騙，就開車墜海，瀟灑赴死，不顧她未來。

或許，她骨血也淌著凶狠，來自背骨的父母。

被狠唸一頓，回家後，金素英又要她解釋。

「要搬出去都不用先溝通？那房子我去看了，被我推掉。為什麼要出去住？跟我們住委屈妳了？哪裡讓妳不爽？免錢不住要拿錢去給人？妳錢多？賺錢好容易是不是？」

金幼莉不吭聲，回房休息，素英又喊她。「妳過來，我還沒講完！」

她回來，瞪著阿姨。素英停下摘菜動作，抹抹手，從皮包拿出信封遞給她。「拿去。」

金幼莉打開，裡面一疊千元鈔。素英端起菜盆進廚房洗菜，一邊跟她交代。「拿去租好一點的，那種三千的連門都木頭做的，不安全。再怎樣，女孩子安全第一，不能省這個，最好是租有管理員的。要再讓我知道妳找那種爛地方，妳試試，看我怎麼收拾妳。」

金幼莉將信封塞回破爛的皮包，走進廚房，倚門看阿姨做飯。「我剛跟外婆講，不搬了。」

「不用勉強，反正妳跟我住不開心啊，沒意思嘛。現在妳學費都自己出，妳姨丈工作也變多了，錢都夠，就是不要租那種爛房子。妳要是出事了，讓我怎麼辦？」

只要金幼莉在家，金素英就會像這樣忙著張羅飯菜，怕餓到她。可是她不知道，金幼莉寧願在超商對著手機隨便亂吃，那樣更自在。

「我又沒說跟妳住不高興，因為同學自己住，我也想試。」

「災啦，你們年輕人討厭被管，長大就想往外跑。阿姨又不是沒年輕過，就是怕妳在外面不安全……。」

素英熱油鍋，倒青菜大火炒，煙氣蒸騰。金幼莉記得阿姨曾經很漂亮，頭髮烏黑油亮還是大波浪捲，穿著時髦A字裙踩高跟鞋。從前，阿姨來家裡找媽媽，總買漂亮洋裝給她，講話溫柔，會耐心幫她綁辮子，很難想像跟眼前是同一人——她穿表哥淘汰還褪色的米色大T恤，菜市場的百元尼龍褲，四十五歲已經滿頭白髮，臉色蠟黃，門牙缺一顆沒錢植牙，像六十幾的阿桑。

十年前的那場意外摧毀了兩個家。詐騙集團詐走金幼莉爸爸的存款，帳戶瞬間歸零。為了如期交貨款，他跟高利貸借錢，厄運卻接連來，商品滯銷、周轉困難還被逼債，最後深夜開車載老婆去海邊……。

金幼莉恨死詐騙集團，但能怎麼辦？這世界不公平，兇手逍遙快活，花著爸媽血汗錢，而她做錯了什麼，要承擔家破人亡的後果？這世界哪有公理？憑什麼要她乖順？背骨又如何？

但……儘管想叛逆，偏偏親人關係這麼糾纏黏膩。

外頭大門砰地推開，伴隨一陣粗暴吼聲。「金幼莉死哪裡去了?!」住校的表哥回來了。

金幼莉回到客廳，表哥背包往沙發一扔，指著她罵。「幹，媽說妳要搬走！怎樣啦吼——住好好的為什麼？不要鬧喔，我會哭喔！」

「沒有，已經不搬了。」

阿姨拿著菜鏟衝出來。「猴死囝仔！你剛罵髒話是不是？你嘴巴放乾淨，就你一天到晚談戀愛都不回來，也沒在關心你妹！」

「又我錯？妳過來。」他勒住金幼莉脖子架進房間，關門。「怎樣？妳說！幹嘛搬？」

「關你屁事，哥管好自己就行。」

「厚！有事要跟我講，可以 Line 我嘛！爸都不在，媽又不像我細心，她神經大條講話笨，可是最疼妳，昨天知道妳要搬出去，跟我講到都哭了。妳不高興要說啊，可以溝通嘛，不用一下就搬出去。妳討厭溝通我知道，跟我說，哥幫妳講。」

「沒有不開心，我不搬了，可以不要再說了嗎？」好累。

「不行，妳要給哥交代。」他雙手抱胸。「妳一定有心事。跟哥說，我給妳靠，妳講，我聽。」

「哥，你女友喜歡吉伊卡哇嗎？我們超商聯名，要跟嗎？幫你搞到。」

「是什麼？我看，多少錢？女生很迷是不是？我要買！」

神經大條的哪是阿姨，是你吧？

—♡—

石安富開通超商會員，咖啡有優惠就買了又寄杯，還變成超商常客。自從味蕾被詭異泡麵衝擊，後勁太強，他老想再去，對那個瘦瘦小小卻敢上大夜班的女生金幼莉很好奇。

想不到流連了超商幾回，大開眼界。超商寄生刁民，其旺盛創造力，突破石安富想像。原以為健身房奇葩客人多，沒想到超商更厲害。店員根本是千手觀音化身，慈悲為懷普渡眾生，否則怎堪刁客磨？

他在那裡看見帶自家飯菜到超商微波加熱，全程不消費。還有帶生菜用保溫瓶裝熱水重複汆燙當滷味吃。省錢刁很多就算了，還有進廁所屎尿亂噴的，更有體味濃卻自在摳腳拿椅饋腳的，以及性情暴躁結帳猛催的，愛插隊勸不聽還回嗆。

超商店員對刁民束手無策只能忍，但石安富發現金幼莉是例外。當那些常出沒的刁客番起來，只要金幼莉在，他們就端正收斂些。

金幼莉來這間店已應付無數，她臭臉以對、目帶殺氣，有時喊歡迎光臨像弔唁。遇上客人插隊直接掠過他，如果客人鬧起來就用目光殺；要是目光殺不死，沒關係，晾一旁隨便他嗷嗷叫。

假如刁客太番，冷處理還不成就直接對幹。刁客罵她三字經，她照樣三字經問候，刁客抄起包包作勢要揍她，她就抄起掃把。

店長是位四十幾歲的好脾氣大姐，常為此奔來勸架，代她道歉。「不好意思，這個妹妹有情緒障礙，給個面子別計較好嗎？」

刁客發刁也要看對象，像她這種抓狂起來爆衝的，刁客不敢惹。

偶爾遇到她跟顧客起衝突，石安富總驚到目瞪口呆冷汗流。這麼小一隻，身高才一百五十幾，體重不知有沒有四十，她怎麼敢這麼兇？我一百公斤都不敢對客人這樣。

金幼莉豈止拓展他視野，甚至拓到味蕾，他驚為天人，肯定天上來的，才有一副怪腸胃。

他又陸續見證過幾次詭異的晚餐組合。

統一肉燥泡麵加奶精球，咖哩便當加番茄醬包，海鮮泡麵加鮮奶，白飯配多力多滋玉米片，……以上這些，她總是面不改色淡定吃下肚。除了在餐區用餐，偶爾還寫作業。要唸書還上大夜，這種身體撐得住？

石安富陷入新世界，而這世界由「金幼莉」構成。

他從對她好奇，逐漸變成擔心。

寒流夜晚，擔心她值班安全嗎？還擔心她個性差，會不會踢到鐵板被揍？如果半夜遇到危險，警察來不來得及救？

然後，擔心又變成心疼。什麼樣的家庭，會讓她冒著風險做大夜？想到這些，石安富從深夜去超商，變成半夜流連在超商。只要發現她值班，他就窩在超商耗整晚。他會在餐區喝咖啡、看書、滑手機甚至睡著。

這個夜裡常出沒的大塊頭，讓金幼莉好難不關注。可漸漸地，他光臨的次數多了，她也開始習慣看到他。

這個有大猩猩般體格的傢伙，看著嚇人，其實很友善。

有幾次，遇到她忙爆了又有人吵著要影印，他主動協助。還有一回，客人忘記帶證件一直盧，堅持要取貨；那男人三字經問候，金幼莉正要回罵，大猩猩走來問她怎麼了？男人見狀立刻閃人。

唔，長得大塊頭真好，他什麼也沒做就嚇跑刁客。

「妳要注意，晚上一個人值班就不要跟客人起衝突。」石安富好心提醒。

她冷冰冰地回：「關你屁事。」

儘管表現冷，但只要大猩猩來了，那一晚值班，金幼莉就感到安心。然而真正讓他們建立起友誼的，卻是一次危機。
當時，店員只有她一人，她忙著結帳，客人卻跑來抗議。
「廁所有人亂大便，臭死了。」
金幼莉繃起臉，抓了手套奔去。裡面臭氣沖天，超噁，她戴上口罩，正要進去，被石安富攔下。
「我來，女孩子別用這麼髒的。」石安富看不下去，拿過清掃工具，龐大身軀擠進廁所。
金幼莉怔住。不管了，先回去結帳。
石安富快速排除汙穢，整得乾乾淨淨，還跟她拿一堆咖啡渣放著除臭。忙完後，他洗淨雙手，又像過去幾天那樣，在用餐區滑手機喝咖啡。忽然——啪，她小手拍在桌面，把他嚇一跳。接著，小手挪開，露出白色藍耳的小貓偶吊飾。
「要嗎？」金幼莉問：「我想換的是烏薩奇，這個小八給你。」
「小八是什麼？」
「《吉伊卡哇》不知道？」金幼莉拿來他手機，點開 YouTube。「自己看。」她坑挖了就走，也不管石安富摔多深。

《吉伊卡哇》是一部動漫，劇情可愛瘋狂，喚醒石安富的動漫魂。他立刻開通影音平台追起來，還大方跟金幼莉分享。

從此，金幼莉上工前，遇到石安富，他就展開平板，配對她的藍芽耳機，一起追《吉伊卡哇》。《吉伊卡哇》活在超現實的瘋狂國度，無厘頭劇情讓石安富長久鬱悶的心被療癒了。

而他跟金幼莉的友誼，因《吉伊卡哇》爆增。於是逢假日前，當金幼莉又深陷補貨地獄時，他主動幫忙。她蹲在地上取貨，他接來排進貨架。逢餐區被刁客搞亂，他也幫著清潔。看金幼莉小小個頭努力換大垃圾袋，他又來了，單手一拎，馬上換好，有時還幫著打掃髒污廁所。

金幼莉從沒說謝謝，但堅硬的心房開始瓦解。世上真有這樣的好人？她想，對她好，是想占便宜嗎？但相處久了，發現他憨厚靦腆，除了幫忙，從無踰矩行為。

當金幼莉問起他的工作，他說：「在健身房當教練，幫顧客減重，但我其實很討厭健身。」

「那你喜歡什麼？」

「喜歡吃。」

金幼莉笑出來，有夠老實。「這很矛盾。」

「嗯，健身房是我弟開的，我不喜歡。」

「健身房賺錢嗎？」

「蠻賺的，除了賣課程還賣保健品，業績很穩。」

「那很好了，我也不喜歡超商工作，而且誰會喜歡工作？還不都為了錢，有錢賺就好，喜歡的事下班再做。」

也是。她的話令他釋懷。

他問她白天上課晚上打工，不累嗎？

「累，尤其遇到賭爛的客人。那時就偷戴耳機聽怪奇比莉的歌，勉強撐下去。你知道怪奇比莉嗎？」

他搖頭，金幼莉打開手機，分享她的歌單。

怪奇比莉是西洋歌手，石安富不懂唱什麼，但聲音好聽。自此，他們從分享影音平台到共享歌單。

有人共享，寂寞的人被療癒。

石安富收藏金幼莉的歌單，睡覺時播，在健身房也播。弟弟石康熙發現他的鑰匙圈掛了貓偶。「拜託，大男人掛這個搞不搞笑？超不搭。」

「我覺得很好。」石安富只要看到藍耳小八貓就開心。有時，健身房打烊，石安富清潔環境，也播著金幼莉歌單。

石康熙又抗議了。「厚，一直聽這個，英文歌你是聽得懂喔？」

賭爛弟弟的口氣，但，他學金幼莉戴藍芽耳機，用音樂屏蔽惱人事。

後來，金幼莉問他：「你最喜歡歌單哪一首？」

「我英文爛，聽不懂唱什麼，但這首旋律我最愛。」石安富指給她看。金幼莉眼一亮，拍一下他肩膀。

「酷。」她豎起拇指。「有品味，〈BIRDS OF A FEATHER〉也是我的最愛，我可以一直聽。」戴上藍芽耳機，按下播放鍵。

石安富看她閉上眼，搖晃身子沉浸歌裡。他微笑，也戴上耳機，閉眼跟她一起隨歌搖晃。金幼莉說他品味好，他好高興。

這二十四小時超商，總亮在黑暗街區，遠遠看去，像巨大燦爛的星。因為陪伴，因為喜歡的有人懂，於是孤單長了翅膀飛走。

金幼莉也不明白，為何寡情的自己，可以跟大叔聊得來，還很有共鳴。像吉伊有了小八做伴，世界就從殘酷現實，變成超萌的《吉伊卡哇》。

—♡—

石安富深陷金幼莉世界，弟弟石康熙卻無知無覺。今晚約朋友夜唱，喝嗨了，散會已凌晨兩點。喝酒不開車，他照例打電話叫哥哥來接。

但手機沒通，室話沒接，哥哥睡得跟豬似的。他想了想，冒險開車，可車子才駛出停車場，就被警察攔下酒測開罰。

有夠靠北。石康熙搭計程車返家，衝進石安富房間罵：「你豬嗎?!是沒聽見電話響嗎?!」

人咧？床鋪空著，而且這是怎樣？他倒退好幾步，嚇到了。中邪了嗎？哥的房間幾時變這樣？原本陳設單調的房間，牆上竟貼滿卡通海報，書桌放卡通桌墊、卡通筆筒，連椅墊都卡通，抱枕也卡通，床上還有三隻卡通貓偶。

幹！是怎樣啦？石康熙一陣暈，退出房間。太反常了，這房子鬧鬼？哥中邪了？看看時間，凌晨三點，本來滿腔怒氣，這會兒爆炸焦慮。

哥從不會這麼晚沒回。打給熟識朋友，沒他消息，石康熙都快急哭了。朋友們罵他小題大作，還有人曖昧地笑：「你哥都快四十還沒結婚，半夜不回家有什麼？搞不好去喝茶。」嘻嘻嘻直笑。

「笑屁笑！」不好笑，他哥很單純，不可能亂搞。除非是……出意外？他焦慮不已，來回踱步狂發訊息問朋友，連附近醫院急診室都打去查，越想越怕，萬一出事沒人知道怎辦啊？想像哥哥躺在路邊急性腦梗？中風？被車撞飛？最後，都考慮去警局報案了。

就當他在腦中將哥哥殺了無數次後，石安富回來了。放心的同時，一陣怒火飆漲失控咆叫：「幹你死去哪裡了?!你他媽手機不接是怎樣?!」

石安富嚇退好幾步。「手機充電孔壞了，沒辦法充電。你怎麼沒睡？」

「這麼晚去哪裡？」

「我……慢跑啊！你不是叫我保持身材。」石安富心虛，一陣亂答。

「我看你最近又肥了，你是跑辛酸喔？又亂吃對吧?!」石康熙掏出罰單扔在桌上。「你害的，你要繳。」

石安富拿起罰單。「你喝酒？幹嘛不找代駕？」

「誰叫你不接電話。」

「不是跟你說了，現在酒駕抓很嚴。」

「你懂屁！我要談生意，是我愛喝喔？」石康熙回房，怒摔上門。

石安富也火大。茶几堆著弟弟喝完的飲料罐，一旁的垃圾桶爆滿。二十八歲了，仍像個幼稚鬼。ＫＴＶ、ＰＵＢ，全是談生意的地方，有哪個正經廠商需要夜夜笙歌？是談生意還是去玩？

然而只要質疑，弟弟就發飆罵他不懂。是，他大學沒畢業，不像他書唸得多。但那也是為了養家，他愛護弟弟，但弟弟對他這親人態度比外人還惡劣。

我是不是對他太照顧了？

才十九歲的金幼莉，獨立世故，有誰寵呢？偶爾，看她隱在超商後的防火巷抽菸，小小身子裡像藏著巨量心事，細瘦肩膀彷彿扛著千斤重。相較之下，石康熙太任性了。

石安富意識到自己是不是做錯了，為了遵守跟媽媽的諾言，過度保護弟弟，保護到石康熙變成溫室花朵？

—♡—

是因為別人家的孩子養不親嗎？金幼莉計畫搬走，傷了素英的心。可今晚，這孩子突然買染髮劑回來，堅持幫她染髮，素英又被感動了。

狹小廁所內，她坐在矮凳上，讓金幼莉刷染劑。

「就跟妳說不用忙啦，我們這種打掃的阿桑沒人看啦！」嘴裡罵，臉上卻笑著。

「現在染髮很簡單，這種日本的，十分鐘就可以沖水。」

「日本的？很貴齁？妳喔，浪費錢。」客廳傳來開門聲，素英笑了。「妳姨丈回來了，去幫我把燒酒雞加熱，記得調味。」

金幼莉走出去，姨丈放下鑰匙問：「妳阿姨咧？我買了她愛吃的蛋糕。」

「在廁所，我在幫她染頭髮。」

「這麼好？我都沒有。」姨丈大聲抗議。「妳看看，我忙到頭髮全白，我才要染吧？妳把她弄得水噹噹，大家誤會她是我女兒怎麼辦？」

不好笑。金幼莉走進廚房。「阿姨有煮燒酒雞。」剛打開瓦斯爐，姨丈就跟來。

「唔，真香，妳阿姨的燒酒雞最好吃了，我試試。」站到金幼莉身後，左手扶爐台，右手舀湯。金幼莉被困在雙臂間，能感覺到他緊抵住她身體，頓時緊張起來，聞到腥臊的汗味。

「我拿碗。」儘量不傷和氣，以手肘隔開姨丈手臂，抽身拿碗。

「好像要再鹹一點。」姨丈取鹽，手肘順勢擦過她胸部，教她反胃欲嘔。

這些帶侵略的碰觸，都能以「不小心」帶過。長久以來，她竭力迴避，卻避無可避。

金幼莉臭著臉回到廁所。姨丈腥臭的體味，像卡在鼻腔深處的汙垢。

素英看她臉色不對勁。「妳姨丈是不是很過分？」

金幼莉震住。阿姨知道？素英拍拍她手臂。

「唉，別跟他計較，妳姨丈越老越番癲，染個髮他也要吃醋。妳啊，也幫他染一染啦，看他可憐，錢我出。也是，他大我六歲，我們年輕時約會，他太糙老，人家都誤會是我爸。」

「不要動，要沖水了。」金幼莉扳正她的頭。「我等下要上班，沒空，阿姨幫他弄，我教妳。」

「妳不知道我老花喔？不然妳改天幫他。妳姨丈也是辛苦，為了這個家，幫人牽水電爬高爬下，跟著工程到處跑，一個月回來沒幾天。妳啊，以後找老公就要找這種，肯吃苦又負責。帥的不可靠，要像妳姨丈這種老實人——」

金幼莉想吐。抄起蓮蓬頭，噴向素英。素英驚呼。「水太大了，沖進我耳朵了！」

金幼莉煩躁起來，指尖刷過阿姨糾纏亂繞的髮。白透的髮可以染黑，髒掉的心，該怎麼漂白？她的心，早已變得複雜深沉，再也不單純。愛恨交纏如麻，無能釐清。

阿姨一輩子都不會知道，最讓她驕傲的枕邊人是自己的惡夢。表哥也不知道，他當成英雄敬仰的爸爸，是自己最鄙視的。而提議要阿姨收養她的外婆，更是到死也不會知曉吧？她此生覺得最正確的決定，卻是最大失誤。

他們都不知道，因為她要把祕密鎖進腹裡藏到死。但偶爾像這樣的時刻，白目的阿姨會讓她很抓狂。

—♡—

心情惡劣，金幼莉便隱在超商後門，坐階梯上抽菸。憤怒時，她會想著，想像爸媽逃到沒人看見的所在，哪怕是深海底，只要能永遠藏住自己。

至今仍記得，阿姨收養她那日，從外婆那兒帶她回家。

「以後把這當自己家，有需要就跟阿姨講，不要怕。」

阿姨牽著她的手很暖，但金幼莉從未把阿姨家當自己家，不可能。她住的房間沒門鎖，因為表哥小時好動常反鎖自己，怕有意外，所以門鎖卸掉了。

金幼莉住進來，表哥搬去另一間房。可是，光是提出裝門鎖的請求，她都不敢，因為這不是自己家。

後來，又發生許多讓她震驚又難堪的事，教她的心從單純，變得混亂複雜又深沉。從不敢相信而莫名，到看清事實、憤世嫉俗。然而尷尬的處境讓她有口難言，像藏著一枚炸彈，怕傷害阿姨跟表哥，所以沉默，還怕他們反過來討厭她。

況且，姨丈是家裡的經濟支柱，外婆的療養院費用、房租、家用……種種開銷都需要他，所以才敢這樣對我吧？金幼莉憤怒地想，有錢真好，為所欲為地欺負人，別人還不敢吭聲。

而人間種種羈絆，非黑與白那樣簡單。有時，正因為重視某人，更要遠離。因為光是存在，就是一種傷害。

石安富來超商，發現金幼莉不在。到防火巷一找，果然，她又躲起來抽菸了。防火巷很暗，他不放心，靜靜陪著，倚著灰牆，很尷尬，一直想勸她戒菸，卻不知怎開口。

今天看她菸不離手，抽了一根又一根，終於忍不住。

「妳要不要考慮戒菸？」

「為什麼？」

「抽菸對身體不好。」

「沒錢對身體更不好。」

「妳是不是缺錢？」

「誰不愛錢？」

「所以戒菸有錢拿妳就會戒？」

金幼莉彈了彈菸灰，跳下階梯，振了振外套，瞪他。「有十萬我考慮，如果沒有就閉嘴。」她冷著臉說。

「我沒惡意。」石安富尷尬一笑。

但，像是故意要氣他，金幼莉又拿菸點燃，大剌剌地吞雲吐霧，還嗆他一句。「幫不上忙又愛指手劃腳，這種人，最噁。」

石安富好脾氣的圓臉，瞬間繃緊，轉身便走。

金幼莉踢著地上石子，無所謂，走就走。她坐下，戴起耳機，又默默抽好幾根菸，抽到胸口悶痛。

抬起頭，瞪著高樓間那片天空，懸著一輪明月。

她誰也不屑，拒絕掉淚。

明月純淨白亮，白得教她憎恨。

忽然，眼前現出一疊鈔票。她僵住，跳下階梯，看著石安富，摘下耳機。

「你以為我不敢拿？」

「妳拿。」石安富遞向她。「拿了就要戒菸。」

金幼莉目光一凜，握住鈔票，有人瞬間截走——

「石康熙！」石安富怒喊。

石康熙拽緊鈔票，瞪住他們倆。「哥，你援交嗎？幹嘛給她錢？」

「還我！」石安富要搶。

「不給。」石康熙背身護鈔。「你瘋了！你被詐騙了——」

金幼莉抬腳就踹，石康熙跌個狗吃屎仍緊抱鈔票。

「詐騙」兩字踩到她地雷。

石康熙咆她。「妳是看我哥單純好騙嗎？妳騙他試試?!我報警！啊——」

金幼莉踩過他的腳，拉開後門，走進超商。

「看見沒？她心虛跑掉了。」石康熙跳起來，拍去長褲灰塵。

「你閉嘴！」石安富搶回鈔票走回家，石康熙追上來。

「我就奇怪，你最近半夜都去哪裡？要不是跟蹤你，都不知道你這樣亂花錢。你沒看新聞？沒知識也要有常識啊，臉書認識的？她是不是留言說什麼被你貼文吸引？還是騙你家人動手術要你幫？哥？你講啊?!」

石安富嘆氣。「我只是在勸她戒菸。」

「戒菸幹嘛要你給錢？那種小太妹就是想坑錢，你被利用了。」

走進家門，石安富去後陽台洗衣服，弟弟又追來。

「你跟那種不良少女混？你幾歲了？讓粉絲看見誤會怎麼辦？」

石安富走到廚房洗碗，弟弟又追來。「所以，這陣子半夜都跟她在一起混？哥，你到底想幹嘛？」

「她在超商打工，一個女生上大夜很危險。」

「關你屁事！她是你誰？你家人？你吃飽太閒？還是她給你什麼好處？拜託你不要笨笨被仙人跳，現在小女生都很開放——」

「不是你想的那樣。」石安富進廁所，拿刷子用力刷馬桶，強忍怒火。

「我是看她過得辛苦，又要上課又要熬夜工作，偶爾去幫她……。」

「那又怎樣？你是不是喜歡她？拜託她幾歲？剛成年吧，她玩玩的不會跟你來真的。你以為和那種小妹妹有結果？厚，你有需求我幫你找，比她漂亮的都不用十萬。我知道，你就是肖想人家青春的肉體——」

石康熙閉嘴了，因為哥哥拿馬桶刷指著他臉。

「閉上你的臭嘴！還是要我拿這個幫你刷牙？」哥哥罕見嚴厲的口吻，嚇得石康熙摀住嘴。看石安富一身強壯肌肉氣到繃緊，石康熙縮到牆邊，不敢吭聲了。

「就算我喜歡她，又怎樣？我不配喜歡人？」

石康熙弱弱地回：「我是怕你被利用了……。」

「有你會利用？」

「哥，你怎麼這樣講?!」石康熙委屈了。「要不是因為你是我最愛的哥，我才不管你讓人騙。」

「我是你最愛的哥？」

「這還用問？」

「我生日幾月幾號？」就下禮拜五，但弟弟從不知道。

「重要嗎？你又不過生日。」

「那是因為沒人記得！可是我就記得你生日，十一月十七號，每次我都幫你煮豬腳麵線。」

「哥如果在意這個，你明說啊，我現在就記，要吃豬腳麵線是不是？好，我買！」

「重點不是這個！」石安富氣道：「剛剛那個女生在超商上大夜，人家正正當當賺錢。你說她援交？」

「不是啊，你莫名其妙拿那麼多錢給陌生人，是家人都會擔心好嗎？現在詐騙那麼猖獗。」

「有你會詐騙？我能借你一百多萬，害女朋友都跟我分手，就不能拿十萬送她？我不是你最愛，我是最好用！石康熙，媽過世後你有洗過一件衣服？倒過一次垃圾？刷過一次馬桶？你喝過的杯子用過的碗就是放到發霉，也不會動手，為什麼？因為不需要，反正有人看不下去會做，就是我！」馬桶刷倏地塞進石康熙手裡。「我不幹了！」

「幹嘛啦，這麼兇？嚇到我了。」

「我失敗，教出你這種弟弟。」

「齁呦，我們幹嘛為外人吵架？打虎也要親兄弟，是不是？」

打虎？石安富苦笑，你連蟑螂都怕。「不然你舉例，你為我做過什麼。我也不要誤會你，告訴我，為我這個最愛的哥哥付出什麼？」

石康熙語塞，但……有了。「我努力為我們的健身房打拚！」

「是你的健身房，我想開的是餐廳。我對你好，所以你就隨便對我；我答應媽照顧你，你就把我當傭人。石康熙，從現在起，我要做我快樂的事，你以後自己看著辦。還有，以後家裡的打掃全交給你。」

石安富走出廁所，石康熙扔了馬桶刷追出去。「那健身房呢？直播呢？你不能突然不幹，你是野生馬東石啊！」

這句更怒，石安富猛地停步，石康熙撞上去。石安富轉身，瞪住弟弟。

「不要叫我野生馬東石，我是石安富！」

管你是野生還是豢養，馬東石是韓國人，他是土生土長台灣石安富。

石安富氣炸了。弟弟罵的那些他都知道，沒錯，金幼莉年紀小，而他已三十八，別人看他笑話，對他們有不堪的想像。但石安富心安理得，他只是想幫她，關心她。

沒錯，他們年紀差距大，金幼莉不可能喜歡自己，大夜工讀也不會做一輩子。緣分不長，但難道因為這樣，在她最需支持時，就不能陪她一段？

誰規定要看得到永遠，才能喜歡一個人？更何況，陪伴她，他得到的快樂，早已遠遠超過付出的。

—♡—

黑暗裡，月小柴待在陌生房間，怒視床上的男人。金幼莉的姨丈呈大字型，摟著妻子呼呼睡。

小柴目光一凜，舉起龍頭杖。我要招雷，劈死噁爛男！

憤怒教他把九爺的叮嚀全拋到腦後，舉杖揮去——

轟隆雷鳴，驚動天上的九爺。他跟關爺正討論新收的疏文。

「這雷聲不對！」關爺驚呼。「小柴呢？他又亂使龍頭杖？我早要你沒收，你——你幹嘛？氣到失常了？」

九爺在笑，拍著軟榻都笑出淚了。「我真沒想到，這個小柴越錯越勇。天啊——」死性不改，貫徹到底。

他笑得關爺毛毛的，敢情九爺已崩潰？

「沒事吧？老九？甭擔心，你就是被拔神格、滅入地獄，我關某一樣當你兄弟，帶酒去看你。」

「我？我會被拔神格？」九爺笑得更厲害。「關關啊，你傻啊？」他手一振，龍頭杖現形。

「龍頭杖在你這裡？那小柴那一支是……？」

九爺唰地拉開一旁的木櫃，裡面一整排全是龍頭杖。「自從上回差點被實習生幹掉，我九爺豈能再遭暗算？逢我不在，就預先掉包龍頭杖。」他關櫃門，收法器。

「所以他帶著趴趴走的那支是假的？」

「雖是贗品，但我施了法術，招雷還是行的，只是——」

「只是？」

「被劈的是他自己——」

可不是，正說著便聞到一股焦味。小柴頂著雷劈過的爆炸頭，全身冒著煙回來。

「你怎回事？」關爺驚呼。

「不要問，很可怕。」小柴逕自走向角落。他被劈得一頭霧水，但不敢問師父。

九爺搧著疏文，覷著小柴。「去燙頭髮了？不錯喔，新造型。」

關爺瞪著好友，毛骨悚然。這傢伙是神還是妖？得罪天得罪地，最不能得罪是月九爺。

月老箴言

017

平

哪怕緣分不長，就不能陪她一段？
誰規定要看得到永遠，
才能喜歡一個人？
即使不可能一輩子，可或許，
陪伴得到的快樂，早遠超過付出的。

03

石安富又做那個夢了。

他一身黑衣，宛如石墩，盤坐在地。忽然，蒙面女刺客持劍躍入，朝他又一陣瘋劈。

跟以往不同的是，這一回，夢裡的他抓住利劍，與她目光對峙。他終於看仔細，她眸裡除了憤怒，彷彿還藏了什麼……。

「為什麼殺我？」

「因為你不信我……。」

啊，隱在憤怒之後的，是哀傷。

石安富變了，叛逆期發作得有點晚，但一發不能收拾。現在，除了已答應的教練課他會去，其餘時間不管事，拒陪直播賣產品；衣服只洗自己的，打掃只掃自己房間，隨便外頭變垃圾堆，鐵心不理。

他的青春期來得也有點晚，已老得不會長青春痘，但情竇正開。他跑去排隊，在他前後全是少男少女，有的還穿學校制服。他龐大身軀卡在隊伍中間好突兀，像座高聳的山。

少男少女們覷著他指指點點，很不爽。

「大叔你幾歲了？還跟我們搶《吉伊卡哇》喔？」

「不好意思，不好意思。」石安富揮汗如雨，頻頻道歉。

「齁呦，你擋這裡，我們都看不到前面了。」

「就是，幹嘛跟我們搶這個啦！」

「大叔不用上班哦？」

「你很面熟欸，你是不是網紅？」

石安富面紅耳赤，仍然堅強挺住。終於，在書店櫃檯重複排了四輪，買足各款《吉伊卡哇》禮包，歷經三次失敗後，這回拆開包裝，他激動得都要哭了，熱血沸騰、逆齡生長是可能的。

萬歲！石安富感覺自己好青春，他搶到烏薩奇鉛筆盒了！他興奮大叫：「是烏薩奇！」在眾人羨慕中撤離，急送某人。

上工前夕，金幼莉又坐在防火巷的老位置。這次沒菸，她嘴裡咬著棒棒糖，一邊滑手機。

「妳看。」石安富來了，呈上烏薩奇鉛筆盒。

金幼莉內心驚喜，但表現冷靜。

「你也去搶喔？」她拿過來，拉開鉛筆盒，翻白眼。「老土。」裡面放一疊十萬現鈔。

金幼莉拿出鈔票，塞還他。「上工帶這麼多錢是讓人搶嗎？不用啦，有欠會跟你講。」

「可是戒菸——」

「戒戒戒！」她不耐煩。「沒看我在吃棒棒糖？靠，現在棒棒糖有夠貴，比菸還貴……搞不懂，就糖而已是在貴屁？」

石安富很高興，看她將烏薩奇鉛筆盒摟在懷裡。

「你弟看我們在一起混，又要抓狂吧？」

「才不會。」

「為什麼？」

石安富笑道：「他現在有更抓狂的。」

—♡—

石康熙豈止抓狂，根本崩潰。當哥哥和金幼莉在一起，石康熙的美好世界崩塌了，地板髒兮兮，碗筷沒人洗，垃圾沒人丟。他搞不懂垃圾車幾點到，總是趕不上；衣服堆滿滿，可恨他不知道怎麼操作洗衣機，洗衣粉沒了，哥也不去買。

健身房更是一團亂，他聘請的型男辣妹教練們，平日就不愛整理環境，現在要他們支援，個個擺臭臉。

石康熙這才發現，原來家跟健身房沒有安裝自動清潔功能。哥哥罷工，他完蛋。

哥跟他冷戰，常待在廚房，看手機烹飪教學煮飯菜，做好的也不是給他，八成都帶給超商那女的。石康熙看他每天樂呵呵的，還胖了好幾斤吧？

但他現在一個屁都不敢放。

哥哥幸福肥，弟弟卻辛苦瘦。石康熙禍不單行，這日半夜，口乾舌燥要拿水喝，腳背只覺一癢。

他低頭，水杯墜地。

「哥、哥！蟑螂啊——」

石安富驚醒，奔到門邊又急停煞住。哼，不理，回床睡。

石康熙瞪著爬上牆的大蟑螂，嚎叫已變哭腔。「哥，蟑螂啦……！」他逃出房間，衝向石安富那兒，但——門把轉不開，他急拍門。「幹嘛鎖門?!快開，我不敢睡，有蟑螂啦！」

門開了。還是哥哥好……他抬腳進去，卻被拎出，蒼蠅拍塞入手裡，石安富冷漠地道：「自己打。」

砰！無情的門關上，無情的哥睡去。石康熙手握蒼蠅拍，不敢相信。過去哥一喊，萬事解，這時思及哥哥的種種好，才想起自己太不珍惜。

第二天一早，石安富開門。

門很卡，他用力推開，原來是石康熙裹著被躺在門前。

「早啊！」送上燦爛笑臉，石康熙支起肘子極盡討好。「哥想吃什麼我去買？」他也只剩賣萌這招了。

哥的反應是直接跨過他，走向廁所。

「我求你了～～」

腿被摟住，石安富繼續走。

石康熙不放手，即使被拖著走也不放。「別冷戰了，我知道錯啦！」他都快哭了。「你不在，好幾個人都不幹了，他們討厭掃廁所那些事。」

「都你請的好員工，所以我做就是應該？」

「我反省，真的啦！」

石安富驚訝，因為弟弟哭了。

「你不爽我，要是早點說我就改了嘛！你都不講，忽然來這齣是怎樣？」

將心比心，還需要提醒？對你好被糟蹋，待你刻薄反被尊重。石安富深刻理解到，家人也會霸凌你，而且有時霸凌得比外人狠。

石康熙哽咽。「你說，怎樣才肯原諒我？」

這一哭，石安富心軟了。「是不是我說了你都照做？」

「對，只要哥消氣。」

—♡—

週五夜晚，金幼莉坐在石家沙發上嗑零食，一直發出咯咯咯笑聲。她咬著薯條，用力拍手吹口哨，甚至站到沙發上。這樣活潑笑鬧的金幼莉，同學看到肯定嚇得掉下巴。

她受邀參加石安富的生日聚會，沒準備禮物就算了，還成了派對主角。

石安富先架著弟弟為前陣子羞辱她的事鞠躬道歉，還獻上致歉禮——方正大木盒，一百枝色彩繽紛的棒棒糖，每一枝顏色都不同。

「糖果我挑的。」石安富說。

「錢我出的。」石康熙心痛。

「吃光這些，牙會蛀光吧？」金幼莉笑著收下。

其實，她已經不Care了，可石安富很認真。他讓石康熙道歉，又說要表演節目給她看，還架好手機錄影。然後——

石家兄弟穿西裝戴眼鏡登場，音樂催下去，一壯一瘦，跳起超夯的〈晚安大小姐〉。

金幼莉的同學也跳過一陣，張溫溫也曾經卯起來跳給她看，她沒笑還罵智障。但現在，看大叔跟弟弟跳，她笑到眼淚都噴出來，還吹口哨。

石安富很快樂，跳得滿頭大汗。最近看她憂鬱，他想著，該怎麼逗她開心？上臉書問大家，得到這樣的建議——

「我只要一跳〈晚安大小姐〉，女朋友就會笑得很樂。」

原來是真的，第一次見她笑到噴淚，這跟直播時被弟弟逼著逗粉絲不同。逗金幼莉開心，他快樂，還超有成就感。

派對結束，他送金幼莉回家。他們戴耳機邊聽歌邊散步，今夜很詭異，沿路櫻花盛放，花瓣紛紛；雲突然散了，馬路盡頭，一輪明月團在前方，彷彿要走進月亮裡。

「從沒見過月亮這麼低又這麼近啊！」金幼莉讚嘆。

石安富也是，他拿出手機。「妳站過去，我幫妳跟它合照。」

「幹嘛那麼麻煩！」金幼莉直接舉高手機，拉他入鏡。他們一起用手機自拍，金幼莉指導他。「鏡頭裝不下，你近一點……再近點，要蹲低，我們身高差那麼多。」

石安富臉色爆紅，已經近到幾乎跟她臉貼臉了。

「YA！」金幼莉開心比手勢，拍下合照。

她討厭別人靠近，但，按下拍攝的那瞬間，卻挨近他。

這世界爛透了，她孤單地敵視一切，到最後，連自己也討厭了，討厭到感覺壞掉了。

但現在，她喜歡靠近他。

原來不幸的自己，也有好運氣。有個人可以安心相處，被尊重保護，這麼暖。有他在，她緊繃的神經放鬆了，世界都美麗了。

金幼莉拉他入鏡。

第一次，她有了喜歡的人。

人行道旁的陰暗處，爆炸頭小柴跟九爺觀賞這一幕。

小柴的右肩擱龍頭杖，左手持姻緣鏡。「看看，我的場布威力夠強吧？分數飆到九十五。」再五分，任務完成。

「恭喜。」快收工了，姻緣線牽起，後續要靠他們自己努力。

「我可以問個問題嗎？」

「不可以，但有差嗎？」

沒差還是要問。「這個龍頭杖是不是偶爾會故障？今天使得不錯，月亮又大又亮，櫻花樹也開出花，但為什麼——」

「龍頭杖從不故障。」九爺說。

「是喔。」那為什麼那天——

因為今天這把是真的。九爺瞟向小柴。「我可以問個問題嗎？你為什麼要問它何時何地因何事故障？」

「齁齁齁，我回廟堂，今天累，要休息了。」小柴跑了。

—♡—

金幼莉從沒這樣放肆嘻鬧，還講了很多話，以至於精神太亢奮。歡樂後回到現實，她卻有些落寞。

在石安富那兒，她嚐到家的溫暖，敢表達真實情緒。她對他任性發飆過、無理取鬧過，也冷臉喝斥過，而他是銅牆鐵壁，沒事般地默默接住，好像他能理解她為何如此。

他的關懷令她自在，不像張溫溫急切靠近又愛追問。他有些溫吞有些鈍，恰好是尖銳敏感的她迫切需要的朋友。能恣意跟人撒嬌的，不會明白金幼莉多感動。

她在桌前坐下，想著要補送他禮物。找出卡片書寫時，鈴鐺響了，金幼莉心一緊，防備地瞪向門口。幸好，推門進來的是阿姨。

「妳是不是交男朋友了？」見金幼莉愣住，她說：「妳姨丈剛在陽台修電燈，看到有個年紀大妳很多的男人送妳回來。他是誰？之前想搬出去跟他有關嗎？妳姨丈很擔心——」

「他擔心個屁！」金幼莉氣得怒拍桌。

金素英震驚，一陣委屈。

「妳嚷什麼？又不是禁止妳交男朋友，問都不行？我們是怕妳被騙，擔心妳被欺負，女孩子要懂得保護自己——」

金幼莉嗤地冷笑，不屑的表情重傷素英。

「好，當我沒問，我雞婆，妳愛怎樣隨便，反正我又不是妳媽，我擔心個屁！」阿姨一走，金幼莉踢上門，鈴鐺激響。

門忽地又被怒推開，阿姨唰地拽下門後鑰匙跟鈴鐺，全摔到床上。

「我早說過門後不要掛這些，很吵！」咆完就走，摔上門。

金幼莉聽阿姨在客廳大聲跟姨丈抱怨。

「我問了她就不高興，我不管了，我關心幹嘛？人家翅膀硬了，不需要我們了……。」

才不是！金幼莉衝向門口，想去噴出真相，但……她緊握門把，深呼吸，硬是忍住。憤怒燒灼著她，頭昏腦脹氣到胃疼，心臟咚咚咚跳得厲害。

可她不敢，她承擔不了翻天覆地的後果。

第二天上課，老師說什麼，同學鬧什麼，金幼莉恍惚，只覺得眼前一切矇矓，走路也浮浮的。

她太氣了，一夜未眠。放學回到家，金素英還沒回來，姨丈從房裡出來，方臉浮腫，故作沒事地對她笑，笑得她想吐。

「餓不餓？今天也要上班嗎？姨丈炒飯給妳吃，妳來幫我……。」

金幼莉瞪他一眼，回房間，摔上門。不睡了，洗個澡就去上班，和他多待一秒都噁心。

沖澡時，她飛快考慮，既然已鬧僵，乾脆繼續找房搬出去？再這麼拉扯，她真會瘋掉。

她一邊關水龍頭，忽然僵住，退後些，瞪視掛在高處置物櫃的芳香袋，隱約看見袋子裡亮著紅點——

她心臟一緊，不管頭髮身體還濕著，胡亂地套上衣褲，一把扯落芳香袋，掉出微型針孔攝影機。

她攢了它，闖入姨丈房間，見他慌亂地收筆電，遂將攝影機砸向他面上，搶了筆電往牆壁砸，發瘋地吼叫：「你噁不噁心！噁不噁心?!」

「怎麼了？」素英回來聽見吼叫，衝進房，只見金幼莉頭髮濕著、狂砸筆電，地上還有破碎的攝影機，而老公怔在一旁，嚇得面無血色。

忽然間，她意識到怎麼回事了，揪住他領子。「你做了什麼？嗄？你對她做什麼?!」見他不吭聲，她氣得搧他耳光。「你說！說啊?!」

他只低頭靜靜挨打。

金幼莉愣愣看著，踢開破碎的筆電，離開。

—♡—

暴怒以後，人是空的，被怒火燒乾。心臟像似暴露體外，沿路血紅血紅地咚咚咚。

金幼莉恍惚走著，雙手因出力過猛還在發抖。從什麼時候開始，姨丈竟……她狼狽地緊摟住濕漉漉的自己，寒風中，縮在人行道座椅上，怔坐很久，才打起精神上班。

她連可憐自己，都沒餘力跟時間。活著，真他媽的累。這人間，爛透了。

深夜，趁沒什麼客人，金幼莉進倉庫抱兩箱飲料走進冷藏室，蹲在地上補飲料櫃。長褲的口袋裡，手機震不停，阿姨一直打來。

她竭力冷靜，起身接電話。

素英崩潰地哭，語句混亂。「妳在哪裡？」

「在工作。」

「還工作幹嘛？去報案，現在就去！不用管我，妳去叫警察把他抓進去，阿姨幫妳作證，讓他去關！」素英嚎哭，忽又急道：「不行，等等，不要報案，我們大軍怎麼辦？以後他怎麼做人啊？他完了啊，一輩子被他爸毀了……。」又一陣嚎哭。「我怎麼辦啊……妳太委屈了，都怪我，都我錯……我沒保護妳……我該怎麼辦？我不知道了……妳、妳跟阿姨講，阿姨聽妳的……妳想怎樣都可以——」她哭到喘不過氣。

金幼莉什麼也不想，頭很痛，又內疚。沒見過阿姨這樣歇斯底里過，打擊不比她小。但金幼莉異常冷靜。

有人比妳更崩潰，自己好像就該撐住。

她安撫阿姨。「我不會報警，阿姨不要哭。」又輕聲安慰她。「沒事，妳先冷靜冷靜——」阿姨因她崩潰，這讓金幼莉更心痛。阿姨善良，不該承擔這麼醜陋的事，犯錯的不是她。「我真沒事，我沒關係啦。」

是我害了妳，妳沒收養我就好了。金幼莉自責，一遍遍低聲安撫，素英終於稍稍冷靜。

金幼莉說：「我在補飲料，妳先睡，先別想那麼多，好嘛？」

結束通話，她彎身拿可樂，忽然愣住。整箱紅色可樂罐糊成一片紅，鋁罐自手中滑落，滾向角落，撞上牆。

世界在搖晃，貨架似傾斜，金幼莉倒下，躺在冰冷空間，躺在刺目的白燈下。冷空氣像雪天，但沒有美麗的白雪。

她暈眩不已，疲累地闔上眼。

天地怎都在搖晃？模糊中，感覺似曾相識，好像也曾經這樣躺在寒冷之處，在等待誰，卻等到一場失誤——

石安富整晚忙著用中藥熬牛肉湯，想給金幼莉補身體。他將熱湯裝進保溫鍋，拎進超商。

只見櫃檯排著四個客人等結帳，不見店員。

「怎麼了？」他問。他們東張西望。

「不知道店員跑去哪裡了。」

「喊人也沒應。」

「廁所也沒人。」

石安富走向員工休息室，繞過折疊箱，敲休息室的門。

「金幼莉、金幼莉？」沒人應，他開門進去，沒人，但包包在。石安富心一緊，感到不祥，一把推開右側冷藏室的門，只見她躺在地上。

「金幼莉?!」石安富抱起她，像抱著一塊冰，喊也不應。他飛快脫外套蓋住她，衝出去喊：「叫救護車，快！」

他將她放好，實施心肺復甦，一邊喊著旁人取電熱箱飲料堆在她身側，但她面無血色。

救護車來了，石安富跟上救護車，看醫護員上儀器，注射藥劑。他們要石安富大聲喊她，但不管怎麼喊，金幼莉都沒反應。

—♡—

店員送醫急救，超商店長趕至，結束混亂。

毫不知情的月老團卻姍姍來遲，聚在屋簷上，討論即將完結的個案。三神籌謀最後一役，進度條都九十五了，最後這五分，該來點福利，而且要超浪漫的那種。

小柴問九爺：「再給他們加把勁應該就成了。金粉帶了嗎？」

「看看。」搖晃著喜氣的紅色乖乖桶，九爺拎高高。「我用乖乖桶裝了滿滿金粉給你。別說我不疼你啊，待會兒隨便你灑，但拜託灑準！」他把桶子交給小柴。

「除了金粉，豈無它法？」僅剩五分可表現，顧問關爺狂刷存在感。「吾獻一妙計，待金幼莉行過石安富身前，我踢她，讓她剛好——」

「剛好撲進他懷裡？」小柴說：「於是看著彼此燃起愛苗？於是天雷勾動地火抱一起？」

「不錯吧？」關爺呵呵笑。

「嗟！」師徒對顧問嗤之以鼻。

「不妥嗎？」

否決啦！小柴說：「金幼莉不走這路線——」

「你們在說我嗎？」幽幽飄來一句。

三神回頭，一齊駭叫。「金幼莉？」

「妳看得到我們？」

「妳怎麼在屋頂？」

金幼莉一臉矇，目光呆滯。

「X！她死了！」九爺驚駭。

關爺震撼。「你確定？」

「怎麼辦？」小柴抱頭嚎叫。九爺朝金幼莉劃出一圈透明薄膜，阻斷她的視聽覺，拍了拍手召開緊急會議。

「好，先別亂，穩住！剛說的不算，我們改變策略。」不愧資深神明，立刻隨機應變。「現在個案對象死了，如何完成委託？有了，讓石安富冥婚？」

「冥個頭！」小柴嚎叫。陰陽永隔，是要讓石安富更痛？小柴撲跪在地，抱頭崩潰。為什麼為什麼?!不甘心！

關爺建議。「我這顧問倒有個主意。不如……，」瞇眼捋鬚，狠地一指。「咱弄死他！弄死石安富，好過獨活。讓他們到老閻那成親，做對鬼夫妻。我幫著跟老閻討份差事，讓他們在地獄恩愛活著，比陰陽永隔好。」真佩服自己，這辦法讚。

但，後方陰森森一句。「誰想弄死我兒？」

不妙！

鬼婆婆現身，目噴綠光，揪住小柴。「我幫兒子求姻緣，你們一個要他冥婚，一個要弄死他？你們試試！我拚了——」她搶過龍頭杖就往小柴劈——靠！霎時，諸神一個攔一個推，還有一個是小柴，高舉乖乖桶護身。龍頭杖擊破乖乖桶，霎時金粉飛灑如瀑，全潑向金幼莉。

薄膜消失，金粉灑她一身，她混沌的眼眸清澈了，像被痛擊，驚得捂耳。

好大聲，有人喊她？

金幼莉消失了。三神一鬼，全愣住。

「這是……回去了？」小柴問。

「好像是。」九爺不確定。「但願死而復生。」一整罐金粉，我心好痛啊……這椿個案，我是下血本了。

小柴眯眼，覷著九爺。「該不會你早料到了？才拎這麼大罐金粉送我？」

「師父我哪有那麼神？」

「呵。」不是誇你神，是罵你詐。

「這下放心了吧？」關爺朝鬼婆婆笑呵呵。

不，不放心。鬼婆婆臉色很臭，已受夠。「我才不管那女的死活，諸神請聽好，我要立刻終止委託，我不接受金幼莉！」

—♡—

急診室裡混亂吵雜，時而聽見救護車來去。醫護人員忙碌地推病床，呼叫醫生；有人哭泣，也有人在爭執。

其中一張病床圍起布幕，危機剛剛解除。

幸好救回來了。石安富坐在裡面，陪著昏睡的金幼莉。她細瘦的手扎著針頭吊點滴。

先前，當金幼莉推入醫院，從衣服口袋墜出手機跟一封給他的信。現在，他打開手機，桌布是他們那晚的合照。他眼眶很熱，鼻子一紅，又想哭了。

拆開信，淚淌落。

石安富：

這是遲到的生日祝福。上次你送我烏薩奇鉛筆盒，又送棒棒糖，還送我影音平台會員看不完，可是我不知道要送你什麼。反正，你比我有錢，要什麼你自己可以買。

我就翻譯那首歌〈BIRDS OF A FEATHER〉給你，順便跟你解釋，因為你說你不懂唱什麼。

〈BIRDS OF A FEATHER〉是指羽毛相同的鳥終會聚在一起。它是英國諺

語，意思是同類的，總會找到彼此。我抄下中譯，送你當生日禮。還有，我覺得你這個人……，

超酷

我很喜歡！

金幼莉

眼淚滴濕了金幼莉細小的字。她的字方方正正，力度透紙。他能想像她伏在桌前，一字字認真地寫，為了使他明白歌詞。

石安富戴耳機聽歌，看著歌詞，淚就掉得更凶猛。他隱約感覺，不在此處，彷彿曾在遙遠彼方，自己也曾這麼傷心，因她而哭，只怕失去她。

BIRDS OF A FEATHER，物以類聚。

兩隻飛到累倦的鳥兒，能不能找個安心處，抱團取暖，勿以淚聚？

群神與鬼婆婆回廟堂討論個案命運，設法取得共識。

「如果是她，我終止委託。你們想辦法，比如讓金幼莉醒來失憶，還是有忘情水？讓他們喝，忘掉對方。」

「哪有這樣的！」月小柴超怒。

九爺拉開小柴，跟鬼婆婆說明：「是這樣的，沒有正當理由，不能任意終止委託。」

「我理由充分。」她朝小柴抗議。「這姓金的，小我兒子那麼多歲就算了，沒爸媽，家庭關係複雜還脾氣壞，戒個菸還敢叫我兒子拿錢？」她暴怒有理。「我要的是能照顧我們家石安富的，結果變成我的石安富給她做牛做馬？還幫她刷廁所，半夜不睡都在忙。他以前辛苦，現在又來個累贅？柴大人，你真心幫我還是敷衍我？不能因為是實習生，就隨便應付啊！」

「啊——」小柴衝上去揪住她。「是妳說條件讓妳兒子快樂就好，乾妳現在又給我唧唧歪歪——」

當小柴怒到想毆打案主時，九爺拎起他丟向關爺，牽起鬼婆婆手，溫柔地看著她。

「理解，理解。為人母總怕孩子吃苦。」多寬啊這包容心，九爺真暖男。鬼婆婆一下子愣住了，又因被理解而爆哭。「我也知道我過分，但我不放心啊……。」

「來，妳坐。」九爺示意她在榻上坐好。「我說給妳聽。妳兒子的因緣屬於因果型，也就是說，他們前幾世曾有過深刻關係。這樣吧，妳看看他們的前世，看完，我問妳問題，妳答對了，委託就終止，我會讓他們成為陌路人。」

「你不會故意出很難的吧？」

「放心，只要認真觀看，一定答得出。」

九爺取來姻緣鏡。鏡面朝牆，牆面浮現光影，他在一旁娓娓道來：「在遙遠遙遠的過去世，他們生在貧富差距極大的古代，妳兒子石安富是女兒身，而金幼莉——」

月老箴言

018

吉

曾經孤單地敵視一切，
連自己也討厭了。
直到有個人可以安心相處，
被尊重保護。
有他在，世界都美麗了。
原來，有了喜歡的人，這麼暖。

04

黑暗夜裡，銀月飽滿，懸於山巒，偶有虎鳴。

占地廣闊的辛家莊園，少爺房間雕花木窗，隱約可見室內燭火閃爍。一干僕役奴婢全退在屋外空地，或抓掃把或持長棍，神色緊張地候著。

其身後，管家沈嬤嬤乾瘦的長臉上全是汗珠子。

大夥兒屏息等待——忽然，花窗砰地破裂，眾僕大叫逃竄。

「回來，都回來啊！」沈嬤嬤急喚。「不要跑！」

忽又噤聲，但見房門下方漫出暗紅血，沈嬤嬤駭得急退。

砰，門撞開，一名道士拎著滲血公雞奔出，一邊回頭，木刀指向裡面。

「此等惡靈，吾亦難救。」

沈嬤嬤追上去，趕緊拽住道士的袖袍。「道長、道長別走，您是我們最後的希望啊……！」

「唉呀，惡靈已成精怪，沒救了！別拉我，我盡力了，鬆手、鬆手啊！」

木刀欲撇開管家固執的抓取，但──

「不是，惡靈沒走的話，錢是不是該退給我？」

道士愣住。「妳妳妳妳──」

「別妳啊我的，錢拿來，我另請高明！」

「唉呀！無德蠢婦，莫怪惡靈入侵啊！」道士扔下錢袋走了。

四散的僕人聚攏，和沈嬤嬤瞅著少爺房間。

明火滅，一室暗，悄無聲息，只有雞仔留在門檻的那灘濃血，怵目驚心。

也不知少爺狀況如何？沈嬤嬤交代。「春兒夏兒，進去打掃。秋兒冬兒，幫少爺更衣。金兒銀兒，給少爺餵食。」

六奴婢跳起，手牽手喊：「不要。」

大家都被少爺吼咬踢踹過，小姑娘們還想嫁人，破相就糟了。

「妳們這群壞丫頭！以前少爺對咱們多好，去去去，咱少爺再不進食可要死了啊！」

「沈嬤嬤怎不自己去？」

「就是。」

「連道士都嚇跑，我們這麼瘦，哪禁得起少爺踹？」

她們嘰嘰喳喳互推諉，沈嬤嬤怒斥。「我管家，妳們是嗎?!妳們下人不去讓誰去？阿正？阿國？阿天？」

別再喊了，一群男子也嚇得直搖頭擺手，全被踢踹過。

「我爺爺說惡靈會傳染，會附身的，沈嬤嬤啊，我才剛成親，您可憐我吧！」

「就是，我爺爺說跟惡靈對上眼，魂會被勾走。我上有老下有小還有一個快出生，求您了！」

「反正老爺不回來了，咱放著少爺不管也不會怎樣的，不如晾著，也許過陣子，少爺就好了？」

「只怕到時進房看見的是乾屍……。」沈嬤嬤落淚。「沒人給少爺灌食，他體弱多病怎麼撐？」

「我有辦法！」忽然有人提議。「不如找施屠戶的女兒。」

「施阿福嗎？」

「對，都說殺豬煞氣重，如果是她應該可以。她還常幫著挑糞，穢氣都不怕了，何況煞氣？」

有道理。「好！」沈嬤嬤決定。「明天就找施家商量。」

—♡—

不輸男子的施阿福來了，她雄偉地霸在圓桌前，啃著沈嬤嬤招待的雞腿。和一般閨女不同，生在粗鄙家，她膚色深，吃相豪邁，還很高壯。

「按照您跟我爹說的，只要餵少爺吃飯喝藥更衣，就答應資助我哥進京會考的所有費用？」

「沒錯。妳哥好不容易通過鄉試了，沒錢會考多麼可惜？為了錢，妳爹讓妳幫著殺豬挑糞，沈嬤嬤聽著難過啊！在這兒，有吃有喝還能解決妳家困難，多好？」

「可我聽說，」阿福停下咀嚼。「辛家少爺被惡靈……？」

「做滿半年再送牛一匹！」

「好！」

於是當晚，阿福包袱款款來報到。

晚膳時，莊園老樹枯枝伸向天際，像無數利爪。烏雲密布，天邊響雷，烏鴉亂啼，狗兒狂吠，充滿不祥之兆。

站在少爺房前，阿福端著一大盤飯菜，一干僕人守在遠處，屏息等。

以前阿福挑的是臭烘烘的糞，如今端著好香的菜，別人驚恐，她卻甚感幸福。不管房裡什麼惡靈，再惡也沒世道惡，這等美差必須拿下。她目光一凜，拚了！

她回身跟站好遠的沈嬤嬤說：「我進去嘍。」邁開腳步，突然一個尖銳厲聲，眾人尖叫蹲下。

有沒有這麼離譜？阿福喊他們：「鳥，是鳥啦！」一隻鳥飛過，也能嚇成這樣？她以腳輕踢開門，進屋，再用腳推上門，於是——

沒動靜？方才還劈打的雷不響了，烏鴉飛走也不啼了。窗內，燭光閃爍，時刻過去，大家等了又等，少爺沒抓狂，惡靈沒發威？窗戶沒被砸破？阿福也沒慘叫？

沈嬤嬤掩面哭泣。「終於——」可以好好睡覺了。

僕人們抱團歡呼。「終於！」苦差事免了。

果然屠戶煞氣重，惡靈都要怕。

—♡—

哪有什麼惡靈？

阿福坐下，狼吞虎嚥地扒吃飯菜。

對面床上，少爺看著她，病懨懨地側躺。阿福也打量著他。

惡靈？這麼蒼白瘦弱的少年？我一巴掌就可以讓他歸零。

阿福豪邁吃著，一邊跟他講：「少爺不吃沒關係的，放心，阿福才不像她們逼您，這些我幫您解決。」她又抓起了肉包，啃得滿嘴油。「您寬心躺著，阿福就坐一會兒，等下就出去，保證不動少爺。」又喝了一大口肉湯。「我是不知道少爺為什麼愛踢人咬人，沒關係，您等阿福吃飽，然後少爺想揍我咬我踢我，都行。」

阿福挽起袖子。「看看我這手臂，挑糞挑出來的。」她拍拍手臂。「我皮糙肉厚好耐打，可要咬的話，就要小心。我肉硬，弄傷您牙齒那就慘了，我賠不起。」

阿福從小被爹啊雇主啊揍到大，被虐慣了。

少爺驚奇地聽著，看那手臂粗壯卻布滿傷痕，什麼情況？辛少爺被這詭異狀況弄糊塗了。

—♡—

阿福聽人說，辛少爺幼時是神童，四歲背《詩經》，五歲懂《尚書》，然而十二歲時，目睹母親自縊，神智失常。寡淡的父子情就更疏離了。

老爺在京城妻妾成群，偏房孩兒沒出息就更不被待見，錦衣玉食地養著，卻不聞問。人們謠傳辛府有惡靈，女主人上吊，少爺被附身，阿福卻覺得，遭遇這種事，神智正常才奇怪。

她把飯菜嗑光，衝著不講話的少爺亂聊，然後笑呵呵地端起托盤走了。

什麼意思？辛少爺瞪著那熊壯背影離開。門關上，房內安靜，他腦子卻鬧起來。

她是誰？怎敢跟我胡說八道？還把我的飯菜吃掉？

第二天一早，阿福又來了。她端來早飯，跟昨天一樣坐下來嗑，邊嗑邊扯淡。這次，她對著窩在被裡的少爺，談論不得了的知識。

「少爺知道咱們這兒有多少條糞道嗎？像你們有錢人住的地方，連挑個糞都要用搶的，因為耕戶搶著買。您知道為什麼吧？有錢人吃得營養，連拉出來的屎尿都值錢，拿去養地種出來的蔬果可不得了……。」

辛少爺聽得目瞪口呆。

第三天，阿福講起爹爹是怎麼殺豬的，刀要怎麼下，腸子怎麼掏，心肝皮肺怎麼處理乾淨……沒辦法，她懂的都是粗鄙事。

或許道在屎尿中，矜貴的辛少爺竟從躺著變成坐起。第四第五第六天……，到了第七天，辛少爺已坐到桌前，托著臉，看阿福邊吃邊說話。

這回，她說起五歲的事。因為被揍怕，她離家出走，逃進深山，還被狼追，只得抓樹上蝸牛吃，最後還是回家去，因為餓瘋了，而且她想娘了。

「爹爹雖然揍我，但阿娘對我好。她跟我不一樣，她很美，頭髮柔滑，皮膚白嫩嫩。我阿爹對我娘也真好，會燉豬皮給她吃，可惜我阿娘傷風死掉了。我娘死後，就沒人愛我了——」阿福忽撇下碗筷，嚎啕大哭。「我真的好想我娘啊……！」

斗大淚珠，也不停從辛少爺眼眶溢出，一顆顆滾落。

他們對坐著一起哭，這天飯菜，澆了淚。也是從這天起，痛哭後的辛少爺端起碗，開始跟阿福好好吃上飯。

沒幾天，阿福又說：「下次阿福從家裡帶豬油來。豬油拌飯可好吃了，你沒吃過吧？我家有的是豬油，就是沒飯。我帶來拌給你吃，可以嗎？」

辛少爺笑了。原本混濁帶血絲的眼，如今吃飽睡好，黑白分明，清澈明亮；凹陷的臉也潤澤起來，迷失的神志也歸返。他挾了雞腿放進阿福碗裡，阿福歡喜地笑了。

「你怎知我最愛啃雞腿？雞皮油潤潤，配飯最好。」

辛少爺又挾一片烤羊肉放進她碗裡，阿福馬上吞了。「這羊肉是來您這裡才吃到的，我睡覺想著都流口水。」

她最饞什麼，他都知道。這陣子看她吃飯菜，也看出心得了。

—♡—

畫面暫停——

廟堂裡，九爺跟鬼婆婆解釋。「無良道士為錢亂造謠，辛少爺只是被喪母之痛困住，神魂失常，才懼怕碰觸拒絕飲食。直到阿福跳脫常理的陪伴，才喚醒他。」

「所以那位辛少爺，是今生的金幼莉？」

「沒錯，她曾生在富貴人家。」

「可身分懸殊，也不適合在一起。」鬼婆婆預料到，這是悲劇的開始。

九爺說：「旁人認定不合適，卻不管當事人喜歡不。」

「那麼照九爺看來他們合適？您覺得會有好下場？」

九爺彈了鏡面，畫面回到辛家莊園。「我們且看下去……。」

在阿福的照顧下，辛少爺大好。阿福攙他出房，想帶他去花園走走，哪知一曬日光，少爺昏厥，沈嬤嬤忙請來大夫。

「胡鬧！」大夫看診後，喝斥阿福。「少爺病了那麼多年，忽然曝在日光中，氣血調動快，身體根本受不住。至少要養在房裡半年，才禁得起外出。」

於是，少爺又躺回床上，鎮日湯藥不斷，看著窗外花樹嘆息。「阿福跟我困在這兒，很悶吧？」

阿福撿來破碗，放米，又在窗臺釘木架置碗。辛少爺不知她要幹嘛，僕人們猜是某種法術。他們竊竊私語，懷疑阿福略懂法術，要給餓鬼施食。然而，謎底很快揭曉。

鳥兒飛來，先是一隻蹦蹦跳跳的棕鳥，羽有斑紋，眼圈白紋。「是畫眉！」少爺驚喜。牠啄了米粒飛走，稍後又來，呼朋引伴聚窗臺，引吭高歌，歌聲嘹亮。於是，他們有了娛樂，一個躺床上品茗，一個坐床邊嗑瓜子，悠哉悠哉聽鳥歌唱。

「阿福什麼都會。」辛少爺誇獎。

「阿福只會粗鄙事，不像您識字又懂讀書。」

他搖頭。「百無一用是書生，何況還是個病秧子。」

「書生有用，病秧子真好。若非如此，阿福每天還在挑糞。」

少爺愣住，這是大實話，他開心了。「說得沒錯。」

「託少爺的福，所以少爺要珍重，少爺要是完了，阿福也完了。」

確實。意識到這個，辛少爺很高興，他不能外出曬太陽，但高大強壯的阿福就是太陽，明亮了房間，也明亮他陰暗心房。

一切好似能如此圓滿下去，只可惜貪功的沈嬤嬤修書給京城老爺，報告少爺神志清醒一事。老爺興沖沖地回來，改變一切。

他風塵僕僕趕至，迫不及待探望兒子，還帶回一名夫子，跟兒子介紹夫子的顯赫背景。

「這些年你生病，課業都荒廢了，得快跟老師學習。」他驕傲地跟一旁夫子說：「吾兒四歲就能背誦整部《詩經》，當年可是名震京城的神童。周老師務必加緊課業，爭取年底鄉試，最好明年就通過會考……。」

辛少爺坐在床上，默默聽著。

老爺喜孜孜又跟兒子說：「你從小就跟班家女兒訂了親，可惜病了。如今班家與官家甚好，大夫說了，順利的話養到年底能康復，屆時為父幫你把婚事辦了。」

沒溫情問候，想的全是厲害關係。沈嬤嬤在旁聽著，都替少爺難過。

少爺空洞地望著燭火，淡淡回：「我無意仕途，也只願娶心儀女子。」

老爺臉一沉。「考試由不得你作主，成親倒可以商量。待你娶了班家女兒，過幾年納心儀之人為妾，豈不兩全其美？」

「像爹對娘親？後果可不美。」

老爺變了臉色，要沈嬤嬤帶夫子去休息，關起門跟兒子細談。

「你阿娘有心病，她跟了我，錦衣玉食還想不開，怪不得我。」

「我的婚事要自己作主。」他聽過下人議論，阿娘是被娘家人送給爹做妾，非自己甘願，都是錢造的孽。

辛老爺沉默了，思量後，勉強答應。「好，讓你作主。可你每天病著，大門不出，你心儀誰？」

辛少爺說了，他要娶女婢施阿福。

此事一稟，老爺氣炸。少爺又謊說腦子病壞，如今字都不識，娶班家女兒只會害父親鬧笑話。這話毀了父親對他的最後盼想。

辛老爺期待落空，兒子還想娶個奴婢？他派人查了施阿福背景，又召沈嬤嬤問話，怒不可遏，狠狠訓了管家。

「妳讓那髒東西進我府上服侍我兒？屠戶女兒，還跟人挑糞？」

「老爺啊！」沈嬤嬤跪下。「奴才什麼方法都用盡，也就只有那孩子可以靠近少爺餵吃湯藥，少爺才好起來——」

「好什麼？他廢了，連字都不識，妳立刻把那女的辭了！」

沈嬤嬤哀求。「老爺，若不是那女子，少爺早死了……忽然辭退，怕少爺好不容易恢復又壞下去，萬一想不開……」

「想不開死好了。」老爺冷著臉說：「他可以死，但不可以讓我丟臉。」

沈嬤嬤震驚。即使發生過那樣的悲劇，老爺依舊鐵石心腸，涼薄性子未改。早知如此，她何必知會老爺？

領了老爺指示，沈嬤嬤帶阿福收拾包袱，跟少爺辭別。

少爺聽著，讓沈嬤嬤先離開。待門關上，他從床底拿出木盒。

「阿福妳看……」打開來，盒裡全是珠寶飾品。「這是我娘的遺物，以後是妳的。」

阿福從未見過這麼多寶貝。「阿福不敢收。老爺已把我辭退，要讓老爺知道我拿了這些……。」

「拿著，我們用得著。」將木盒硬塞給她。「我爹後天回京，等他離開，我們私奔。妳爹不疼妳，妳哥只會利用妳，阿福，我們不要被家人困了，要爭取自己的幸福。以後，莫做他人奴隸。」

這話嚇壞阿福了。「不可以，私奔會讓人笑話！」

「阿福，以後都見不到我，妳不難過？都不可惜？」辛少爺傷心了。阿福眼眶也紅了，她也難受啊！

「突然跟少爺分開，我也傷心，但是，少爺你信我，慢慢都會習慣的。」可惜嗎？不。可惜是有錢人的東西，像她這種窮人家，能過日子就好。阿福習慣認命，討厭掙扎，因為失望會讓苦難加苦。

可辛少爺未經世事，天真地妄想說服她。「怕什麼？對我要有信心，我不怕吃苦，只要有阿福陪著。」他抓住她的手，拒絕認命。

阿福卻抽手，勸他放棄。「少爺，再難過，咬牙撐下去，日子久了，什麼痛都會好。」

「不會好的……，沒了阿福，我會一直痛。我們逃去遠遠地方，我找工作養妳。」

「沒那麼容易，太辛苦了。」阿福搖頭。少爺走沒幾步路就喘，出走是死路一條。她說給少爺聽，外面太殘酷，那些汙穢的勞力活太苦，她不想看少爺辛苦，但他還是不放棄。

「妳能做，我也可以。咱先變賣珠寶，等我身體好了就去掙錢，我能吃苦，我不怕。」

「但我怕。我沒辦法背叛家人。我怕真的私奔，會害死少爺；還怕私奔成功，卻害您生活辛苦，被人笑話。將來您會從喜歡阿福，變成怨恨阿福——」

少爺急了。「妳只要告訴我，如果撇開妳我家人，撇開身分地位都不管，妳想不想跟我在一起？」

「那自然是……是最好的。」

「有這句就行。」他太激動，又喘起來，阿福趕緊拉他躺下。

他急切交代。「我會找人帶消息給妳，妳先將包袱收好，妳信我。」

阿福答應了。「好，聽你的，少爺先休息。」

一出門，她便將木盒交給沈嬷嬷託她退回，請她說服少爺把阿福忘了。

離開辛家莊園時，大雪掩埋街廓，人們走避風雪，攏緊衣袍。回去的路上，阿福恨大雪冷酷，凍得她頭痛。然而比風雪更冷的，是那個毫無溫情、充滿腥味的家。雖然討厭，卻是她的來處。雖是心悅少爺，但高攀不敢。

正因為喜歡，更該無私地保護他。

少爺不實際、依賴她，錯當是愛，他怎可能愛卑賤的自己？

倘若由著少爺胡來，讓他背棄家族，闖進豺狼虎豹的現實，恐撞得遍體鱗傷。而她父親兄長也將因她的自私，一生盡毀，活成街坊笑話。

阿福不敢冒險。少爺不知道，最大的不幸，就是不安分引來的幻滅。她從不盼望那些不屬於自己的，譬如盼望爹愛護，盼兄長疼愛。她很早就明白，不切實際讓不幸的人活更累，她只願滿足在小小快樂裡。

好運沒了，就退回原來位置。她能忘記他，因為她知道，現實的磨難跟辛勞，會碾得她沒時間思念。

這樣，對大家都好。

—♡—

窗臺不再飛來小鳥。

失去阿福，辛少爺的身子急速惡化，躺在病床上，藥食難進。他恨阿福，恨她不信他有決心，恨她跟現實妥協，辜負自己。

沈嬤嬤坐在床畔。「少爺，吃點好吧？這樣會死啊……老爺會傷心的。」

他不會，我只是他裝飾臉面的工具。辛少爺撇開臉，不理遞來的湯勺，虛弱地強抬起手，指著窗臺。「拿米……放那兒。」

沈嬤嬤立刻照辦。

辛少爺等著，等鳥兒回來，但牠們不回來。他苦苦等，等阿福回心轉意，等阿福想他想到發狂，就像他想她那樣，然後她會來認錯，答應私奔。

日子流逝，阿福不回來。但是，鳥兒回來了。

萬籟俱寂的午夜，辛少爺聽見聲響，一隻黑鳥在啄食米粒。他空洞的眼中忽而恢復生氣。呵，我真傻，她不來，我可以找她去啊，讓她知道我決心。

辛少爺激動地下床，輕推開門。因為有了目標，精神奇好，體力絕佳。他行過花園，步向大門，見門旁有僕役守門，遂移步至偏僻處。他喘著爬上榕樹，蹬上高牆。

這一番動靜驚了僕役，霎時燈火通明，僕人們驚起，沈嬤嬤追來，他們驚呼叫喊，被站在高牆的少爺嚇壞。

「太危險了，少爺快下來！」

辛少爺站高牆上，呆住了。莊園外，雪紛紛，卻有一輪明月，飽滿地懸在長街盡頭，美得妖冶，白得炫目，深深地震撼他。

他回身，俯視底下眾人，俯瞰華美卻困住自己跟娘親的府邸。立在飄雪間，他卻不感覺冷，黑眸閃著興奮的光。

他知道，他就要自由了。

眾人不敢冒進，沈嬤嬤顫抖地安撫他：「少爺，我已讓人去拿梯子了，千萬別亂動，什麼都可以商量。」

他對沈嬤嬤一笑，忽然用盡力氣地嚷：「我走了——」轉身躍下。

辛少爺重摔在地，立刻爬起狂奔，逃離追趕。他雙腳劇痛，身體沉重，卻越跑越快。誰都甭想阻礙他！

離阿福越近，腳步越輕。踏雪狂奔，心跳急狂，他興奮著，自由了——阿福騙他，外面哪裡殘酷？這天地寧靜，這月色真美，這白雪像花飄飛，他就要見到她……他記得阿福說，長街底，右側巷弄尾段，是屠戶住所。

阿福說過的話，他全記得。

他看見施家招牌，木門緊閉。他激動地拍門——

暗夜裡，阿福聽見一陣急促的拍門聲。她驚醒，推開木門。沈嬤嬤立在風雪中，淚流滿面。「少爺……妳快去看他！」阿福寒顫，直往辛家奔。在府前雪地，只見一灘血。她軟倒，奴婢們扶她進屋。床上的人，覆著白布。

少爺走了？

阿福腳軟。「為什麼？為什麼啊？」她顫抖，憤慨地搥地，哭嚎著。明明是想保護他的，為什麼？

—♡—

姻緣鏡畫面黑了，結束這世苦難。

九爺向鬼婆婆說明。「阿福以為做了最好的決定，直到兄長赴京趕考，迷戀青樓女子，盤纏用盡，氣死老父，才意識到這一生為人作嫁，太不值得；倒不如當初信了少爺，與他私奔，起碼再苦都是為自己。這個終身抱憾的阿福，今生成為妳兒子石安富。」

「所以他很想照顧金幼莉？」

「對。妳說妳不滿意金幼莉，可知妳亦參與這因果？要取消他們姻緣？可以，但必須答對我問題。告訴我，在前世裡，哪個角色是妳？」

「我知道！」

「小柴，我不是問你。」

可月小柴緊張，若鬼婆婆答對，這樁姻緣會被作廢。

另一人也緊張。「吾可代答。」

「關關不可代答。」

關爺捽袖，嗐一聲。

鬼婆婆思索片刻。「我想，我應該辜負過金幼莉，那麼便是辛少爺自縊的娘親。」

九爺搖頭。「錯。」

「這麼想就淺了。」關爺捋鬚搶道：「看不出來嗎？辜負辛少爺的是另一人，就是那個寡情的爹。而妳，妳今生就是來贖罪！」

鬼婆婆驚駭。「我上輩子是男人？」

「錯。」九爺說。

又錯？關柴二人不懂了。

九爺一彈指，螢幕現出某人，他們驚呼，看見答案。

當辛少爺墜地，沈嬤嬤第一個衝向他，見他睜著眼，沒了生息。「少爺？少爺啊……！」沈嬤嬤摟著他嚎哭。

九爺解釋。「妳恨老爺薄情，又對死去的夫人有愧，故今生來撮合他們。妳執意求月老，其實是冥冥中為了牽起他們的緣分。」

「我竟然是她？」鬼婆婆捂著臉，難以相信。

九爺開解她。「您今生所厭，是妳曾心疼難捨之人。辛家夫人於妳有恩，少爺更是妳遺憾，汝今厭之，豈不可笑？」九爺又說：「世間沒有偶然的相逢，我們月老也只是幫忙過一手，其實種種緣分，都是人們累世造化，所以才說要廣結善緣。今生、來生，緣分是疊加持續的。金幼莉今生不幸，是為了學獨立；石安富的功課，卻是練習叛逆。每個人走在靈魂進化的設定裡，誰也逃不出這個網，包括您自己，亦是他們冥冥中的貴人。妳靈魂所盼，心願已了，如何又怪到我等頭上？」

竟是這樣曲折離奇？鬼婆婆細想來，震驚不已。

難怪他們午夜分享吃食，一見如故，是因曾在過去世共享過無數頓飯菜，懷念美好記憶？

「明白了。」鬼婆婆嘆息。「我也不是跟金幼莉有仇，是怕兒子吃苦。」

「妳且寬心，世間能量自會平衡。在妳看來付出是苦，但日後會結成好果子。所有付出，終會以另一形式回到自身。善惡造作，終報在自身，輪迴是當下分秒進行中。妳兒子善良，終得善果。誰知道？也許日後金幼莉會是他支柱，您又何必擔心？」

「也是……柴大人、月九爺、關老爺，抱歉，讓你們煩心了，感謝相助，我心願已了。」

心結開解，鬼婆婆化為青煙一縷，往地府報到。

關柴兩人聽完不語，一起瞇眼瞪九爺。

有夠靠北……邊，這麼扯的緣分，九爺都能說得正經八百面不改色？但……關爺問小柴：「你信嗎？」

「為什麼我感覺師父在唬爛？可是聽著有道理。要怎樣知道前世誰是誰？」小柴問。

「姻緣鏡知道，但那支裂得亂七八糟，九爺還不肯換掉的姻緣鏡，我懷疑它已成妖，被九爺黑化了，狡猾得很。」

沒錯。小柴用力點頭，姻緣鏡，不能信！

他們看九爺疼愛地撫著姻緣鏡，姻緣鏡在九爺掌下竟閃爍粉紅光暈，唔，非常可疑。他倆狐疑地打量九爺。

九爺不知信用破產，轉頭看他們，還帥氣一笑，彈了彈鏡面。「看看，進度百分百，收工。」

月老箴言

019

平

種種緣分，都是人們累世造化。
今生、來生，緣分是疊加持續的；
世間能量自會平衡，所有付出，
終會以另一形式回到自身。

05

急診室裡，金幼莉醒來，發現自己躺在醫院。石安富坐在一旁的椅上，趴在病床側，枕著自己手臂睡沉了。

金幼莉伸手撫過他的頭，黑髮粗糙扎手，但好暖。一見他，她心安，先前驚濤駭浪，此時因為有他在，好似都不那麼嚴重了。

明明經歷過種種悲慘打擊，但為什麼，看著他就忍不住微笑？他厲害，這麼大塊頭睡在小小摺疊椅上，竟睡得沉，還大聲打呼？牛鳴似的，好滑稽。

石安富正做著那個夢。

這次，持劍的女刺客一如往常又憤恨地對他劈刺。忽然間，劍尖沒入石安富胸膛。他震驚，女刺客冷漠地緩緩抽出利劍，卻變了臉色。手中劍身竟化綠梗，她緩慢拔出的是一長梗粉紅玫瑰。

女刺客手持玫瑰，怔怔看著，玫瑰盛放，花瓣柔軟。兇狠的她嗅聞玫瑰，眼淚淌落。

石安富摘去她面紗，也震住了。

一陣怪風吹來，落葉紛飛，霧漫開，他們眼色朦朧，望著彼此。站在他面前的，哪是要殺他的刺客？他看見一個蒼白秀麗的少年，含著淚，對他微笑。他心一緊，也動容落淚，像隻孤單且遍體鱗傷的鳥兒，找到另一隻跟自己一樣孤獨的鳥，望著彼此，靈魂共鳴。

石安富哭著，又憨憨地笑了，上前握住少年瘦弱的手，與他淚眼相對。

感覺像走過漫長又漆黑的路，穿越過無數幽暗時空，執念太苦，束縛彼此，卻不甘放手；儘管苦，相會時又太幸福。

留戀世間看不破的蠢人兒，哪怕傷痕累累，還是想愛下去。

——♡——

充分休息後，金幼莉聽進石安富的勸，辭掉大夜班的工作，遵循醫囑，避免再因透支體力而低血壓昏厥。

在石家兄弟的堅持下，金幼莉到健身房打工，薪水是比不上超商大夜的待遇，但有個非常誘人的條件——供食宿。

在醫院時，石康熙卯足了勁兒地慫恿。「妳跟我們兩個臭男生住不方便，我哥把健身房放商品的房間空出來，獨立給妳用。那裡跟保全有連線，很安全。妳負責的工作很簡單，保證比在超商輕鬆。」

「你不是討厭我？」金幼莉納悶，石康熙嚇得直說沒有。拜託，哥在一旁看呢！

「沒討厭好嗎？之前的誤會我道歉了嘛！而且妳如果又去上大夜，我哥又會擔心，一直往那跑，多累。既然大家感情好，一起打拚，是不是更有意義？而且妳那麼瘦又低血壓，欠鍛鍊啦，健身房設備隨妳玩。」

於是金幼莉答應，決定搬家。通知金素英時，她立刻同意，還把她的物品全打包，讓石安富扛下樓。

站在空了的房間，金幼莉將鑰匙交還她。

素英凜著臉說：「當初沒收養妳就好了。這幾天我想了又想，畢竟不是我親生的，一定是妳先亂來。沒妳勾引，以他老實的個性不可能……。」

金幼莉震驚，盯著阿姨。素英迴避她注視，低頭說：「沒錯，一定是這樣，我就是這麼想的……。」

真過分，金幼莉紅了眼睛。素英忽然握住她的手，擁緊她，在她耳邊說：「我就是這樣想的，很可怕吧？我也想騙我自己啊，可是我知道，妳砸電腦氣到發抖，我都看見……現在知道為什麼妳老是在門後掛那麼多東西，妳是怕他……」素英激動落淚。「我笨，笨到看不出來，我瞎了眼，以為在保護妳，還怕妳在外面危險，結果最危險是我這……」放開金幼莉，素英捏住她的臉頰，和她淚眼相對。「妳給我聽好，不管之前發生什麼，錯的是我們大人，都不是妳的問題。還有，拜託要相信，阿姨我、我真的……把妳當女兒……。」

金幼莉摟住素英，埋在她懷裡嚎啕大哭。

素英哽咽。「講這都沒用……。」傷害已造成，她苦笑。「沒有實質補償，道歉有屁用？所以……我想了想，必須讓他付代價，以後他賺錢，阿姨都拿一份匯進妳戶頭。我知道錢俗氣，但實用。錢能讓妳繳學費，錢能給妳照顧。還有，那渾蛋的保險金妳也有份，資料放妳行李袋裡，記得收好。以後我們把他當賺錢工具，讓他一輩子贖罪，彌補對妳的傷害。他要敢廢話，我扭他去警局！」

「不用，我都找好工作了……。」

「我堅持，不管妳拿不拿，他要付代價。」素英撫著她細瘦的手臂。「以後有困難一定要跟阿姨講，如果妳還理我……。」

「幹嘛啦！」金幼莉握住素英的雙手。這粗糙的手，是經年累月的操勞。「我一定買大房子，讓阿姨老了跟我住。」養育之恩哪這麼容易切斷？她在心裡起誓，要用一輩子證明，她對阿姨的真心。

—♡—

傍晚，健身房內播著熱門音樂，學員鍛鍊中。帥氣的周教練協助學員使用平躺胸推機，美麗的陳教練正在示範腿推機。

石安富抱著一大箱廠商寄來的產品往辦公室走，突然——

「教練哥哥！」啪啪啪三響，臀遭重擊。

可惡！石安富怒地回身，王淑美輕浮地指著他笑。「教練最近比較有肉喔？是不是胖了……啊！」她慘叫，啪啪啪，臀遭重擊，怒轉身。「幹——什麼妳?!」

金幼莉看著拍紅的掌，一臉驚訝。「哇，石教練的學生就是不一樣，臀肌好結實喔。」

淑美敢怒不敢言。好痛，這女生故意的！

石安富努力憋笑。「妳過來，幫我把產品歸位。」

「好喔。」金幼莉隨他去辦公室，低聲罵了句。「臭三八！」

自從金幼莉報到之後，每晚健身房打烊，石康熙都要忍耐眼前陣陣幸福的閃光。

他在櫃檯結帳，金幼莉掃地，石安富擦儀器，當音響播放她的歌單，播到他們倆都愛的歌時，金幼莉就開心哼唱。

石安富英文爛，但這首例外，歌詞記得熟爛也亂哼，發音不標準還是大音痴，石康熙忍無可忍。

「這首聽到爛，我要聽別的，可以嗎？」

「不行！」

「不要！」

二比一，否決。

石安富開始拖地，金幼莉幫著挪水桶。

〈物以類聚〉感動他們，也令他們傷感。

當他們凝視彼此，彷彿很久前就認識，即使前塵俱忘，當他們終於找到彼此，世界好似安靜無聲——

I want you to stay

我要你留下，

'Til I'm in the grave

直到我死。
'Til I rot away, dead and buried
直到我腐爛被埋，
'Til I'm in the casket you carry……
直到你幫我抬棺為止。

Birds of a feather, we should stick together, I know
物以類聚，我們應該永遠黏在一起。
I said I'd never think I wasn't better alone
我說過了，我不覺得自己一人孤單更好。
Can't change the weather, might not be forever
就像天氣難改變，我們可能不會永遠在一起。
But if it's forever, it's even better……
但若可以，聽來更棒。
I knew you in another life

我好像上輩子就認識你，
You had that same look in your eyes
你有相同的眼神。
I love you, don't act so surprised
我愛你，不必這麼驚訝……。❶

—♡—

九爺允諾小柴，只要再順利牽成兩對姻緣，就讓他正式登神。

小柴盤坐雲海，用鉤針織著紅衣。「小黃呀，我就快結束實習。等我登神，不管被派去哪間廟，一定帶上你。」終於織完，他幫小黃穿上。「哇哈哈，可愛，我真是太有才，改天再織個帽子！」捧高黃狗，與牠烏黑眼瞳對望。「整個神界，我最愛你——」

身後，忽然傳來一陣嬰兒哭聲。小柴霎時僵住。

是饕餮？他轉身，半空炸裂，破入巨獸，人面羊身，嚎如淒厲嬰哭，張血口衝來——

「跑！」拋出小黃，小柴轉身取龍頭杖擋饕餮，可饕餮一腳踏裂，利牙叼起小柴。

小柴闔眼聞到一股腥臭。吾休矣！

突然，後方怒吼，身震耳鳴，雲海翻騰，天放彩光。

小黃沒跑，牠縱身一躍，紅衣碎裂，瞬變巨虎，張牙伸爪，撲向饕餮——

To be continued

---

❶〈物以類聚〉（BIRDS OF A FEATHER），作詞／作曲：FINNEAS／Billie Eilish

國家圖書館出版品預行編目資料

月老營業中 2：冥冥祈願／懷疑論者的通靈觀察 原創、張名秀 小說改編 . -- 初版 . -- 臺北市 : 三采文化股份有限公司 , 2025.4
面； 公分 . -- (iREAD)
ISBN 978-626-358-647-5(平裝)

1.CST: 文學小說 2.CST: 華文創作 3.CST: 愛情小說

863.57　　114002316

封面圖像：
由 AI 生成再經設計修改而成

suncolor 三采文化

iREAD 174

月老營業中 2

冥冥祈願

原創｜懷疑論者的通靈觀察　小說改編｜張名秀
編輯四部 總編輯｜王曉雯　執行編輯｜戴傳欣
美術主編｜藍秀婷　封面設計｜莊馥如
內頁排版｜陳佩君　校對｜周貝桂

發行人｜張輝明　總編輯長｜曾雅青　發行所｜三采文化股份有限公司
地址｜台北市內湖區瑞光路 513 巷 33 號 8 樓
傳訊｜TEL: (02) 8797-1234　FAX: (02) 8797-1688　網址｜www.suncolor.com.tw
郵政劃撥｜帳號：14319060　戶名：三采文化股份有限公司
初版發行｜2025 年 4 月 18 日　定價｜NT$420
3 刷｜2025 年 7 月 15 日